｜早世の詩人平井晩村｜

付　晩村が歩いた前橋の街

上毛新聞社

⌒Ｂ○○ＫＬ┌┼

目　次

まえがき

　前橋市は「詩のまち」とも言われている。近代の口語自由詩の創始者とされる萩原朔太郎をはじめ、多数の詩人たちが生まれ育った町であった。その中の一人に平井晩村がいる。晩村は、朔太郎より2年早く生まれた。二人は妻と別れた（死別、離別）後、同じように幼い子どもたちを抱え帰郷した。朔太郎はその後詩人として、評論者として、詩壇で長く活躍するが、晩村は3年後、1919（大正8）年まだ小学生であった3人の子を残して病没した。

　晩村はその短い生涯の中で、詩集『野葡萄』『麥笛』のほか、『国定忠治』『少年忠臣蔵』などの歴史小説、『世界探偵物語』『頭山満と玄洋社物語』などの実録小説、『涙の花』などの少年小説、『湯けむり紀行』などの単行本を上梓した。そのほか、『報知新聞』などに連載した小説、『少年倶楽部』などの月刊誌に掲載された小説、文芸誌に掲載された短歌や俳句など多彩な作品群がある。その中には草津節の原形となった詩や県立前橋中学校（高等学校）校歌もあった。しかし全集としてはまとめられていない。

　晩村の生涯についての研究は、次男の平井芳夫によって『平井晩村の詩謡』が1948年（昭和23）に刊行された。同氏はその後の研究と主な作品を合わせて、1973年『平井晩村の作品と生涯』を地元の書店・煥乎堂より刊行した。

　本書では、『平井晩村の作品と生涯』を参考に、没後100年を記念し、当時の社会の様子、地域の様子を補いながら、晩村の生涯を振りかえる。

　あわせて晩村が生まれ育ち、歩いた街、永眠する地を案内したい。

早生の詩人 平井晩村

1　生い立ち

　生家「中村屋」　平井晩村は、1884（明治17）年5月15日に前橋本町109番地に生まれた。ここは現在の本町二丁目4番地で、本町通りに建つ農工銀行（後の勧業銀行前橋支店、現在は群銀前橋支店）の向かい側であった。東隣は後に群馬銀行となる国立三十九銀行の本店であった。

　生家は、「昇鶴」「いろは」の銘柄で売る「中村屋」という酒造店（及び醸造品販売店）であった。父仙太郎、母とをの次男で本名は駒次郎である。兄は喜代作、下に妹のすみが生まれたが、駒次郎が3歳の時に父は死亡したため、祖父母（與吉・ゆき）によって育てられることになった。

若き日の晩村
『平井晩村の作品と生涯』平井芳夫 1973年
煥乎堂より引用

　祖父と祖母　祖父の與吉は、琵琶湖東岸近江国蒲生郡の古保志塚村（現在の滋賀県東近江市 市辺町）に生まれた。若くして志を抱き、東国（熊谷か川越）にやってきて造り酒屋「中村屋」に奉公した。働きを認められ、のれん分けして前橋に酒造店「中村屋」を開いた。当時蒲生郡には川越藩の分領があったので川越であろうか。

　のれん分けした與吉は、藩主の前橋帰城に伴い前橋に店を構えたのであろう。初めは場末の小さな店であったが夫婦二人の働きで本町の中心に「中村

前橋市街地図より　1913年　小嶋輝信発行
本町通りには電車が走る。図の右部分の農工銀行の向かい側が平井酒造店。電車が曲がる地点は現在R50分岐点

屋」の大きな店を出した。祖父（養祖父）は前橋の有力商人として、前橋市周辺地域の酒造組合組合長と県酒造組合の理事を務めるとともに、前橋商業会議所の議員に選ばれている。祖母（養祖母）は新潟県刈羽郡北野村（現 柏崎市西山町北野）出身で、小さな店から財を成した働き者で、驕ることなく店頭の居飲み客にも気前よく栓をひねる人であった。

城下町復興　川越には、松平大和守家が城を構えていた。大和守家はもともと前橋城主であり、1749 年酒井雅楽頭家に代わって姫路城から転封してきた親藩大名家である。ところが前橋城は利根川の浸食により城が削られたため、1767 年に川越に城を移した。それから約 100 年間、前橋城は廃され、陣屋が支配する分領となり町は寂れた。ところが江戸中期から畑作地の多い上野国は養蚕・製糸業が盛んになってきた。1859 年横浜が開港すると、生糸は爆発的に売れるようになった。

　その生産地、集散地の中心となった前橋の経済力は強まった。その少し前、城を移す原因となっていた利根川の流路は、前橋陣屋の郡奉行であった安井与左衛門が改修に成功していた。1863 年町民の前橋城再築願いがかない、松平大和守家は 1867 年 3 月川越から前橋へ戻った。

　再築された前橋城は、かつての三の丸跡を本丸として、旧城址を活かした和式では最後の築城であった。しかし城は土塁中心に構成されており、建物が遠望されないよう土塁を高く築き、土塁の上に砲台を配置するなど、攻城戦が鉄砲から大砲中心の近代戦に変わった時代に合わせて造られた城であった。だが半年後に大政奉還、12 月には王政復古となり城の役割は終わった。

　駒次郎の祖父母が若く活躍した日々は、幕末から明治へと、前橋の街が大きく変貌した時代であった。

群馬県庁正門　奥に望楼がついた旧本丸御殿を活用した県庁舎が見える。『目で見る前橋の百年』郷土出版社より引用

父と母　父仙太郎は、祖父與吉夫婦に子ができなかったため與吉の郷里か

ら養子として迎えられ、祖母ゆきの妹であるとをを妻にした。とをは、仙太郎の死後、離籍し郷里の越後国に帰郷した後、仙太郎の弟源之助と再婚した。駒次郎は、いったん源之助の養子になったが、源之助に長男が誕生したため養子縁組を解消した。源之助・とをの間には、男7人、女3人が生まれたので、駒次郎には実の兄妹とは別に異父の弟妹10人がいることになる。夫婦は中村屋とは別に本町で小商いを営んで暮らした。

前橋町の繁栄　　生誕から東京の中学校に編入学するまで、駒次郎は生家のある本町で育った。その頃の前橋の町はどんな町であったろうか。

　廃藩置県後、一時新しい地方行政制度として大小区制が敷かれ、前橋の個々の町は、第一大区の第一〜四小区に分かれ、町ごとに戸長がおかれた町となっていた（1873〈明治6〉年熊谷県となると北第一大区と呼称）。

　1876（明治9）年6月に現在の県域で群馬県が誕生し、県庁が旧前橋城本丸御殿に置かれると前橋町に種々の建物が建てられた。中には擬洋風建築も交じり、新時代の到来を告げていた。1884年には、利根川西岸の石倉に前橋駅が開業した。内陸では異例に早い開通であった。

　1889年、近代の地方行政制度である市町村制が施行され、個々の51の町は前橋町として一つの町と成った。3年後には関東地方で東京、横浜、水戸に次いで4番目となる市制を敷いた。

　幕末期の横浜開港後、日本の輸出品の7〜8割は生糸であった。その原材料の繭は純国産であり、綿糸のように外貨を綿花の輸入代に充てることなく、全て国内で使えた。日本の近代化の原資は製糸業によって賄われたといえる。市内には中小の製糸工場が数多く建てられた。繭や生糸の集散地として全国からたくさんの商人が集まった。その中心であった本町は、大店や銀行、旅館が立ち並び、通りを鉄道馬車が駆けぬける町であった。

明治時代の本町通り（電車と人力車が見える）
右のレンガ建築は農工銀行、左側の土蔵造りの奥が三十九銀行、その奥に2階の屋根が見える家が平井酒造店『目で見る群馬の今昔100年』あかぎ出版より引用

厩橋尋常小学校入学　　1890（明治23）年4月駒次郎は、今の国道分岐点の南辺りにあった厩橋尋常小学校（桃井から改名）に入学した。後年、晩村（文筆を生業にした以降は晩村と表記）は「自分は七歳で小学校に入った」と語っていたが、満5歳10カ月であった。今の入学年齢より1年早いが、1900年に小学校令が改正されるまでは「満6歳から満14歳までを小学校の学齢」と定めていた（その内4年間が義務教育）。そのため4～5月生まれの子が、満6歳前に入学することは珍しくなかった。

　後に上毛新聞に連載した随想「一日一筆」の中で、雨の日は番頭に送られ、雪の日は小さき高歯に二の字を踏んで通ったことを回想している。入学の日に祖母が付いてきたのは、幼い孫を心配してのことだったのだろう。

　この小学校は1872年8月の学制公布により初期に設立された小学校である。当時は各町単位に行政が行われており、各町や村（現在の大字のまとまり）毎に、あるいは数町村がまとまって学校が設立された。前橋の町では広瀬川の南に桃井学校、萱町学校、中川学校が設立され、広瀬川の北には、敷島学校が設立された。桃井学校は1873年4月に三河町一丁目の日蓮宗養行寺に第5番小学校として開校した。11月桃井小学校と改名し、翌年2月に旧連雀町（現在東電群馬支店が建つ所）に新校舎を建てて移転した。洋風2階建て200坪（660㎡）で県下最初の洋風校舎であった。これとは別に前橋藩の旧陣屋の跡に旧曲輪町などの旧城内に住む子が多く通う厩橋学校が第1番小学校としていち早く1872年11月に設立された。1889年各町が合併し前橋町となったので、翌年近接の2校は統合し厩橋尋常小学校となった（本校は桃井小校舎を使用、厩橋小跡地には市役所が1893年建てられた。校名は3年後に再び桃井尋常小学校に戻った）。

　駒次郎は、その前に幼稚園に通っている。当時幼稚園は師範学校附属小学校幼稚科と桃井小学校付設の幼稚園の2園あり、どちらかであろう。

1874年（明治7）竣工の洋風校舎、現在の東電群馬支店の所にあり1910年現在地に移転するまで使用された。
『前橋市教育史上巻』前橋市教育委員会1986年より

　今でこそ小学校就学前教育は当たり前であるが、明治・大正時代は幼稚園の数は少なく通園児もごくわずかであった（文部省資料では同年齢児の1％）。

祖父母の家は経済的に豊かで教育熱心な家庭であったといえる。駒次郎は実父母と別れても祖父母、特に祖母ゆきにかわいがられて育った。

　駒次郎は、後に中学校の運動会の短距離走で1番になるほど活発で、近くにある前橋総鎮守の八幡宮の境内などで、近所の子どもたちとこまを回し、たこを揚げ元気いっぱいに遊ぶ子であった。

　当時の思い出が自伝的小説「櫻ん坊」に次のように収められている。

　「喜代作も駒次郎も、名に古き老舗ののれんの奥深く、豊かな祖父母に育まれた幸福な兄弟であった。祖父母が汗を絞って築き上げた大きな家には、多勢の番頭や小僧を使って何不自由なく繁昌を続けて居た。体の弱い兄が、隣町の悪太郎の群れに追われると、腕白な駒次郎は、小さい拳に石を掴んで向かって行った。又駒次郎が小学校の先生に叱られて泣いて居ると、兄の喜代作は自分のことのようにおろおろと詫びを云うて連れて帰る事もあった。夜は小さい枕を並べて寝る。朝は同じ鞄をかけて遅れぬように学校に通った（以下省略）」。祖父の養子となっていた実兄の喜代作が跡取りの修業に、千葉県の野田の醤油店に奉公することになった。いたわりあって生きてきた兄弟の別れを情感深く描いている。

　この様に育つ中から、真正直で正義感が強く思いやりのある心が養われたのであろう。それが長じての中学生時代の行動や作家として詩や小説等の作品に反映していると思われる。

　駒次郎は桃井尋常小学校を1894（明治27）年卒業し、厩橋高等小学校に進学した。当時の小学校は尋常科と高等科があり、修業年限はそれぞれ4年であった。尋常小学校は義務教育であったが当時は授業料を徴収していることもあり、就学率が7～8割であった。その上の高等小学校に進学する者は更に少なく、当時は前橋の全町に一つだけ、るなぱあくの北東にある源英寺と広瀬川との間、神明宮の西に設置されていた。

　駒次郎の高等小学校時代はどんな生活であったろうか。幸い前橋教育資料館に当時の活力統計表（身体検査簿）と成績簿が保存されている。それによると入学時は身長、体重とも平均値を下回っていたが3年後はいずれも上回っている。握力は大きく伸びている。成績はどの教科も1学年時から良いが、学年を追うにつれ優秀になっている。操行（道徳面から見た行動、品行）は甲ではなく欠席日数も比較的多い。こうした記録から浮かぶ姿は、「おとなしく真面目な優秀児」ではなく、「成績は良いが元気がよく、時には羽目を外す児」であろうか。後の中学校での活躍につながる萌芽を見ることが出来る。

体の弱い兄喜代作が丈夫になるようにと、兄弟で謡曲の稽古に通ったのはこの頃であった。謡曲の師匠は旧藩士であった。旧神明町から岩神町観民稲荷神社の付近には再築城後新たに武家屋敷が多く建てられていた。兄弟は仲良く連れ立って高等小学校へ、謡の稽古へと通っていた。

1890 年代の世相　駒次郎の幼少期はどのような社会であったのだろうか。徳川幕府が倒れてからわずか 2 ～ 30 年、西欧文明を導入し駆け足で近代化を進めてきた日本であった。1889 年大日本帝国憲法を公布し、翌年議会を開設した。市町村制の施行、府県制・郡制の公布、商法、民法などの法が整備され近代国家の形が整った時期、同時に明治初期に吸収された西欧文化が日本的なものに消化され、伝統文化が再評価された年代でもあった。学校制度の改正（1886 年の学校令公布）とその 4 年後の教育勅語の公布はその表れであった。そして 1894（明治 27）年日清戦争開戦により、日本は欧米諸国に伍して大陸進出の道を歩み始めた。しかし、国内経済は農業中心で、工業は綿紡績を除けばマニファクチャー段階であった。輸出の大宗は生糸であったが、その生産は水車動力の器械製糸と人力による改良座繰り製糸であった。

国民の日常生活は、牛鍋屋やパナマ帽がはやるなど一部に変化はあるものの、衣・食・住とも江戸時代とほぼ同じであった。しかし、1889 年東海道本線が全通したように、この年代は鉄道網の整備が進みその後の日本経済の発展の礎となった。

1889 年には現在のJR両毛線も全線開通した。桐生・伊勢崎の織物と前橋の生糸をいち早く貿易港横浜と直結させるために両毛鉄道という私鉄として敷かれた。今の前橋駅も開業した。

1927 年まで使われた最初の前橋駅舎
初めの前橋駅　　『目で見る群馬県の大正時代』国書刊行会 1986 年より引用

2　少年の日の蹉跌

群馬県尋常中学校入学　1898 年駒次郎は、高等小学校を卒業し群馬県尋常中学校に入学した。この頃はまだ中等教育の黎明期で全県に唯一の中学校で

あり、入学できる生徒は限られていた。校舎は当時東群馬郡紅雲分村（現 前橋市紅雲町の群馬中央病院の建つ所）にあった。校名は、学校令が変更され、複数校を設置できることになり、各分校が独立したことにより 1900（明治 33）年から前橋中学校と変わった（高等中学校が高等学校と改称されたので、尋常中学校から中学校に改称）。

前中の校風　当時の中学校は、満 12 歳以上、高等小学校 2 学年修了以上を入学資格としていたが、年上の入学者や落第者も多く校風はバンカラであった。

駒次郎は、1918（大正 7）年に上毛新聞に連載した随想「一日一筆」に中学校時代の想い出として、入学早々拳固の「忠告」をうけたことを記した後、「その頃の学生気質なるものは、現代からはちょっと想像しがたい程度まで男性的な気分を発揮して居た。学生の起居、服装の全てが粗野であったが、真面目であり質素であった。教職員もその通りで、学科以外の精神的に、学生を薫化指導すると云う風であった。学生は破れ洋服のズボンの上に兵児帯を巻き付けて、平気で下駄をはいて登校したものである。（以下略）」となつかしく、また肯定的に回想している。こうした気風は、その後も同校の伝統として長く受け継がれ、1960 年代まで下駄履きで通学する生徒が多く見られた。

正門より校舎を見る
『前橋高校百三年史』1983 年前橋高校より

1918 年晩村が前橋中学校々歌の作詞を依頼されたとき、脳裏にまず浮かんだのはこうした校風であったのであろうか。七五調の校歌はその後、100 年以上歌い継がれ「向上、努力、一筋に」と生徒を励まし続けてきた。

文学へのめざめ　駒次郎はいつ頃から詩歌を詠み始めたのであろうか、本人が語ったものはないが、1900 年 6 月発行の「学友会雑誌」27 号に「ひらい」の名で散美文「秋のさまざま」を寄稿し、同年 11 月発行の 28 号には、平井櫻州の名で定型詩「花菫」を寄稿している。

花　菫

静かに眠る夕日影
花の上堂に置く玉の
草刈る鎌の月影に
花や散るらん暮春の
いさゝ小川の水清く
たゝゆる笑の溢る時
霞の裾はなの袖
つゆになやみて泣く時に
泣くな哀れの花菫
塵の浮世に咲き出てゝ
巫山の雲の其ならて
覚めて涙は湘江の
泣くも笑ふも夢の問う
菫よ薫春の野に
つゆ故花も開くなれ
花なやまする露なくば

平井櫻州

長閑に聞ゆ馬子の歌
露に胡蝶の咽ふ時
賎の童の歌ふとき
入合告くる鐘の音に
岸邊に咲ける花菫
乙女はいつれ来つるなり
花の色香もあせ果てゝ
慰む人の有りや否
嘆くな人のつれなしと
露になやむか我か身も
仇に夢見るかり枕
今日の流れも明日は瀬を
笑へ浮世をあざけりて
露帯びて咲く汝か姿
露故花もなやむなれ
花に色添う露もなし

文武両道に活躍　駒次郎は『学友会雑誌』に詩などを寄稿する一方、運動面でも活躍している。『学友会雑誌』28 号には、10 月に行われた第 3 回学友会運動会の記事が載っている。それによると、駒次郎は、100 ヤード（91.44 m）と 200 ヤードに優勝している。

　また後年出版された『前橋高校百三年史』に中学校での生活を偲ばせるエピソードが載っている。それによると「三年級の時、平井晩村氏が私の隣に居て講義などは少しも聴かず、いつも小説めいた道化的文章を書いて私の方へ廻して来たがみんなが読んで吹き出すものだから、遂に先生に見つかって叱られたことがあった。」（東京美術学校卒、元タイ国芸術院美術学校長　三木栄の寄稿）。

駒次郎と朔太郎　駒次郎の 2 年後に詩人萩原朔太郎が入学しており、後年の詩集『純情小曲集』の中に郷土望景詩「中学の校庭」を収録している。朔太郎の家は北曲輪町 69 番地で、本町の駒次郎の家とは 200m ほどしか離れていない。

駒次郎と朔太郎はこの時期に短歌を通し交流があった。朔太郎が従兄栄次にあてた手紙に、駒次郎の家に遊びに行ったとき、原稿紙を手に取り短歌を作ることを勧められたと伝えている（『若き日の萩原朔太郎』）。また駒次郎が幹事役となって1902（明治35）年柳原堤の花月軒で開かれた『新声』誌友会（愛読者・投稿者の会）には朔太郎も参加している。ただ謡曲を習って育った駒次郎と、洋楽を好み都会にあこがれる朔太郎とは詩情が異なり、その後は大正時代に二人とも前橋在住であった時期も交わりはなかったようだ。晩村の死後1937（昭和12）年2月に久しぶりに帰郷した朔太郎は晩村の墓を詣でている。晩年日本主義に回帰した朔太郎の心の変化がうかがわれる。

　前中とストライキ　　以前からこの中学校は生徒の授業放棄（同盟休業、以後ストライキと表記）が多く起きており、駒次郎はそのリーダーとなり処罰されたが、その処罰に反発し自ら退学したと伝えられている。しかしいつ退学したのか、どのような経緯があったのかは伝えられていない。次男の芳夫の研究でも明確でない。

　この頃全国の尋常中学校では生徒のストライキが多く起きており、1893年5月2日文部省は「公立学校生徒ニシテ学校職員ニ辞職を勧告シ、又ハ免職転職ヲ要請スルモノ」に対し厳重な処罰を行うべきと訓令した。さらに翌年1月12日、生徒が2名以上集まって校長教員に意見を申し立てたり、または抵抗、強迫することを禁じ、その生徒は1週間～1年間の停学または放校処分にすることを訓令した。

　群馬県尋常中学校でも1894年11月に山本宜喚校長排斥のストライキが起きた。山本校長の退職後、1895年2月から後に大正自由主義教育運動を興す澤柳政太郎が校長に就いてから、第二高等学校長に転任するまでの約2年間は一度も起きなかった。しかしその後の鈴木券太郎校長のとき、1899年12月には9名が退学となった。翌年2月には校長排斥のストライキが起きた。2月の鈴木校長退任後も校長は決まらず、岡元輔校長が赴任したのは5月であった。その後1903年1月にも起き、1905年5月には岡校長排斥のストライキが起きた。

　前中中退の原因　　駒次郎が先頭に立ったストライキは何時の時か。『前橋高校百三年史』によれば1900年3月から1902年秋までストライキは起きていない。天川原の二子山に集まって市中を行進したなどの話から、駒次郎が2年生の時、1900（明治33）年2月の鈴木校長排斥のストライキと考えられる。

このとき本町の駒次郎の家にストライキの主導者が集まり、2階の駒次郎の部屋で作戦会議が開かれていたと伝えられている。しかし前述のように駒次郎は同年10月の運動会で活躍しており、3年生のときの授業中のエピソードも伝えられている。3分の2以上の教員が交代し、鈴木校長退任後も後任校長

駒次郎の生家中村屋　駒次郎の部屋は2階にあった十畳間。『最新前橋案内』1908年群馬新聞社刊より

が5月まで決まらないという混乱の中で、ストライキ参加者への処分は級別に1〜3週間の停学にとどまった。駒次郎が自主退学したのは、その後1年たった3年生の末になってからであろう。それには別の要因が考えられる。

1900年4月群馬県制定の群馬県前橋中学校規則第43条に「操行ノ評定 丁等二当タルモノハ学業ノ評点如何二関セス落第トス」とある。「操行とは、「生徒の品性・行為または道徳的判断、情操、行為、習慣などの総称を指し、その評価は操行査定と呼ばれ、学業評価と並んで重視され、国民教化の中心的位置を占めた(平凡社『日本近代教育史事典』)。これは全国一般に見られたことで「明治後期の中学校において、操行査定は、生徒に対する懲戒処分や進級要件としても極めて重視されていた。さらに操行査定は教育評価のみならず生徒管理を一層効果的にするものとして展開を遂げていた(『教育研究』第54巻、第4号、斎藤利彦)」。

ストライキの先頭に立った者は、懲罰のため操行の評定を学科の評定にかかわらず進級できなくなる「丁」にされたからであろうか。正義感が強く一本気の駒次郎には我慢できなかったのであろう。まして当時海軍兵学校進学を志していた駒次郎には承服できなく、自主退学の道を選んだと考えられる。駒次郎の友人で共にストライキの先頭に立った野中康弘(群馬県最大の映画館経営者、晩村没後の詩碑建立者の一人)も退学した。

海軍志望の挫折　当時の多くの少年と同じく駒次郎にも軍人志望があった。駒次郎が小学校高等科のころは日清戦争とその後の三国干渉に国民が悲憤慷慨していた時代であった。この頃友への手紙にも、海軍兵学校への志願を述べていた。中退後、京都に行き海軍の学校を受験したが、眼疾(視力・色覚等

の疾患）のため断念せざるを得なかったと伝えられる。軍の学校では初めに身体検査でふるい落とした。ただなぜ京都なのか不明である（当時の海軍兵学校は江田島、海軍機関学校は横須賀）。

　後年上梓した少年小説集『涙の花』に収めた自伝小説「櫻ん坊」の終わりに「弟駒次郎は中学校に這入ったが、遂に志望の海軍将校ともならず、病弱の身に筆を執っている。」と記していた。

明治義会中学校へ　　落胆して帰橋した駒次郎はやがて上京し私立明治義会中学校に編入学した。

　明治時代の尋常中学校は、各府県が１校しか設置せず、高等教育進学者を厳しく選抜するための学校であった。入学後も学力・健康・その他の面から多くの中途退学者を出していた。それらの者に再チャレンジの機会を提供していたのが東京に十数校あった私立の尋常中学校であった。

　明治義会中学校は麹町区富士見町の外堀の畔（現・法政大学市ヶ谷キャンパス）にあったので、駒次郎は萬世橋に近い神田連雀町に下宿していた。共に前橋中学校を中退した長谷川歌男（後に第二銀行前橋支店勤務、俳人）と同宿であった。

　1901（明治34）年４月に全国の愛好者から投稿された歌・詩等を多く載せていた文芸誌『新声』に、初めて平井晩村の名で短歌２首を寄せている。これ以後短歌に限らず、詩、俳句、小説などが晩村の名で発表されることになった。本稿でも、以後は駒次郎でなく晩村と称する。

　晩村はなぜこのペンネームにしたのであろうか明らかでないが、この時期は島崎藤村が『若菜集』を1897年、土井晩翠が『天地有情』を1898年に上梓した時期である。浪漫的な抒情詩と、文語的な叙景詩と詩情は異なるが、ともに瑞々しい清新な調べで多くの若者の心をとらえた詩集であった。

早大高等師範部へ　　1903年９月、早稲田大学に高等師範部が開設された。国語漢文科、歴史地理科、法制経済科、英語科の４学科があったが、駒次郎は国語漢文科に入学した。在学中は学業の傍ら文芸誌の『新声』や『文庫』に多くの詩を投稿している。その中には「佐渡ヶ島」のように、後年最初の詩集である『野葡萄』に収められ、多くの若者に愛唱され、晩村の代表作の一つといわれている詩がある。

佐渡ヶ島

　恋し恋しのわが夫は
　佐渡は四十九里波越えて
　遠い小島に金堀りに
　一昨年立ってそれなりに
　金のかんざし玉の櫛
　桐のたんすに五百両
　千石船に帆をあげて
　帰るはいつの春ぢゃやら
　寝物語の一ことが
　うそでないなら真なら
　たんすや、くしや、かんざしや
　それはうそでも戻らうに
　飛んで千鳥となれるなら
　いまも行きたや佐渡ヶ島
　恋し恋しのわが夫は
　遠い小島に金堀りに

　なぜこの詩が生まれたのであろうか。前橋の利根川右岸、玉村から下新田、上新田、総社を通り渋川へと通じる道は、幕府の金山のある佐渡島と江戸を結ぶ最短経路であった。この道は、佐渡奉行や鉱山で働かせる無宿人の通り道として、佐渡奉行街道と称された。また佐渡島で稼ぐため、あるいは冬季の仕事を求め関東へと、多くの人馬が行き交った街道であった。前橋の人にとって佐渡島は遠い小島ではなかった。晩村の親代わりの祖母は佐渡と行き交う出雲崎湊の近くの出身であり、祖母からも悲話などいろいろな話を聞いて育ったのであろう。

　2002（平成14）年、金山のあった旧相川町の金山茶屋の前に、晩村の孫の平井満氏らによって「佐渡ヶ島の詩碑」が建立された。

　2022年2月政府は「佐渡島の金山」を世界遺産に推薦した。

故郷前橋とのつながり　1901（明治34）年7月、学友会雑誌から改題した「坂東太郎」30号に平井晩村の名を初めて使って次の11首の短歌を「小風呂敷」の題で寄稿した。

　箱庭の形ばかりの池かれて淋しく咲ける花菫かな
　春の日のかすみに酔ひし揚雲雀鳴く音に暮るゝ野邊静かなり
　蛙鳴く小田の夕べをさまよひて社の庭に月を見しかな
　まのあたり君と語りし夢さめて寝覚淋しき旅の朝かな
　馬子唄は見返坂に消え行きて一本松に夕日の影
　繪筆とる吾れにしあれば染めなむを障子にうすき若竹の影

青葉がくれ赤き鳥居のほの見えて白き旗立つ村里の宮

清水ある木かげ涼しき松原に旅人いねて蜩の鳴く

銀杏の青葉かくれに御社の奥殿見えて時鳥鳴く

鬼灯子の其實の赤く色づきて今年も秋の更くる頃かな

門過ぐる順禮の子を呼び入れて歌書きやりぬ菅の小笠に

このときは、同誌掲載の厚木月郎寄稿の「はなふぶき」に晩村よりの便りに「（前略）小生目下歌男兄と共に、四畳半の座敷で不相變駄法螺吹き居り候」とあることから東京での下宿生活が始まっていたことが分かる。続けて同誌 31 号（1901（明治 34）年 12 月刊）に「鞦袴」を題に次の 10 首を寄稿した。

公達の鞦の袴に桔梗の露ぞかつちる有明の庭

月白く残る夜明けのいさゝ川玉藻ゆらなえ河鹿なくなり

白菊の花もあわれに黄昏て月見る軒に秋の虫なく

草の戸に寝られぬ夜半を虫なきてしとど雨ふる垣のしら菊

雨晴れて庭の小菊の花散りぬ秋の風吹く築山の松

この秋も病みて暮れなむ吾窓に思出多き末枯れの風

あしの葉に月は残りて波白し雁金渡るあけがたの窓

山かげの御寺の松に風さえて紅葉ちりかふ玉の井の水

棹さして流れに出ずる渡し舟赤き繪傘に蘆の花散る

歌合せ月宮殿の燈更けて衣手寒き仁和寺の鐘

1902 年 3 月の同誌 32 号には、美文「春秋二篇」のほか次の 5 首を寄稿した。この時期『坂東太郎』には卒業生等の関係者の寄稿も多かった。

梅香る大臣が庭の夕月夜池の小舟につゞみきこゆる

舟にして眞菰こさむく眺めけり笛吹川のかたわれの月

輿にして内侍の二人いでしあとを桔梗御門に秋の雨ふる

山茶花の眞白に咲きし山窓にみさゝぎないて日はさかりなり

紅葉吹くこの秋風の末遠く小鳥なくなり金洞の山

この後も短歌は、33 号に 8 首、34 号に 7 首、42 号に 12 首、43 号に 10 首と 1906 年まで寄稿が続いた。やがて短歌の他に俳句や詩も多く交えるようになった。東京に進学後は、文芸誌『文庫』『新声』へ詩や短歌を数多く投稿するようになった。

また、1902（明治35）年1月には岩神町の下川原にあった楽水園（9代松平典則の茶亭、楫取素彦別邸跡）で開催された『新声』の愛読者・投稿者の集いである新声誌友会に参加した。11月11日に柳原堤近くの花月軒で開催された誌友会では幹事役を引き受けている。この会には東京から田口掬汀（当時新声社々員小説家・劇作家）、平福百穂（日本画家）も応援に駆けつけ盛大に催された。また、1901年の秋晴れの日に催された"いなのめ会"の高崎観音山吟行にも参加した。翌年の『坂東太郎』34号に寄せた厚木月郎の吟行記によると、早朝利根橋を出立し、吟行してきた倉田萩郎、高橋香山らの6人に晩村は、高崎駅で合流している。それから頼政神社で「秋社銅の獅子寒げにて」、聖石橋を渡りながら「秋霞む遠の長橋長々と」、清水寺の石段を上りながら「熊笹や秋の虫なくのぼり段」、観音堂に詣でて「供養塔に秋の日たけてちゝろ虫」の句を詠んでいる。

　この時期は東京の明治義会中学校で在学中であるが、故郷で開かれる詩や俳句の集いに参加するため足繁く帰郷していたのであろう。

　いなのめ会は、1897年8月15日倉田萩郎、高桑化羊、斎藤梅影、小見雄美の4人の句会から発足している。いなのめ会の同人は、俳句雑誌『ホトトギス』を愛読・投稿していた。そして旧来の形式にとらわれない写実的な俳句を広めていった。会名は夫木和歌抄より源俊頼の「紫陽花の花の四ひらはおとづれてなどいなのめのなさけばかりは」からとった。いなのめとは、いなほ（稲穂）のめ・いな（寝）の目が明け方に開くことから、夜明けの枕詞でしののめと同義である。

　晩村は前中時代いなのめ会の同人となり俳句に親しんでいた。

3　報知新聞記者となって

　社会部記者　　高等師範学校は中等教育の担い手を養成するために設けられていたが、1906年7月晩村は卒業とともに報知新聞社に入社した。今の報知新聞はスポーツ専門紙であるが、当時は東京五大紙の筆頭にあげられる一般紙の新聞社であった。正月に人気の箱根大学駅伝を始めたり、初の女性記者を採用したりするなど、現在の大新聞社の先駆けとなっていた新聞社であった。晩村は社会部の記者となって丸の内有楽町にあった社に通い、健筆を振るうことになった。

　記者時代の晩村について、体は小さいが顔は日に焼け、大きな声で元気よく

話す記者であったと伝えられている。

富子と結婚　　記者になった翌 1907（明治 40）年晩村は、10 月に大間々町の造り酒屋「十一屋」の長女 澤 富子と結婚した。富子の父与八郎と駒次郎の祖父與吉は同郷で行き来があり、駒次郎と富子は幼なじみであった。しかし新聞記者となった晩村には、父与八郎は反対であったという。二人はそれを押し切っての結婚であった。豊多摩郡大久保村百人町に新居を構えた。当時は山手線が開通したばかりの市外の田舎であった。その後 1908 年 7 月に長男達也が生まれ四谷区荒木町に転居した。

小説家としてもデビュー　　1908 年晩村の小説が初めて大衆雑誌に掲載された。実業之日本社の『婦人世界』3 巻 9 号の 8 頁にわたる「女教師」である。

　明治 30 年代（1897 ～）は、小学校の就学率が 90％を超え、中学校や女学校が各地に創設された。そのため読書人口が増え、各種の月刊雑誌が多く創刊された。『婦人世界』もその一つである。

　あらすじは、「小学校に勤める女教師小金井咲子のもとに、かつて東京で女学校生活を共にした久子が訪ねてくる。咲子は在学中父が急死したため、中退し郷里に戻り教師となったが、久子は卒業後ほどなく銀行員に嫁して東京に暮らしていた。挨拶が済むと話の接ぎ穂なく、女学校時代の話となり笑い崩れる久子であったが、咲子は興が乗らなかった。東京に引っ越すようにと誘う久子と、否定しない母の姿を見て、母と妹のために努めてきた咲子は、自分がけなされている様で口惜しさが胸に迫った。まんじりとせず一晩を過ごした咲子であったが、生涯を犠牲にしてでも母と妹を養っていこう。今の生活を守っていこうと改めて思った。」というものである。この小説には、逆境にも挫けず懸命に生きる姿に共感する作者の心が感じられる。晩村の後期の作品に流れるモチーフが初期の作品にも見て取れる。晩村の生き方・作品の底流となるものであろう。

新聞に連載小説　記者活動の傍ら「竹橋事件」「閔妃殺害事件」「岩倉具視遭難事件」「陸奥宗光下獄事件」「高橋お伝事件」について関係者に取材し1910（明治43）年晩村の名で小説として報知新聞紙上に連載した。

多くは明治初期の新聞などは大衆化していない頃に起きた事件であった。晩村は文書や記録だけに頼るのではなく、新聞記者らしく関係者に会って取材して書いたものである。

それらは1912（大正元）年『風雲回顧録』『明治三大探偵実話』として改めて単行本で刊行された。

当時のマスメディアの中心は日刊新聞であった。テレビは無論、ラジオ放送開始も約20年後のことである。新聞は自由民権運動時代の政党機関誌のような存在から、社会の事件や娯楽を大きく取り上げる大衆的な新聞となってきた。発行部数も20～30万部となり大衆文化の先端に位置していた。夏目漱石や芥川龍之介などの新聞小説が連載され人気を呼んでいた時代であった。

4　文筆に専念して

1914年に晩村は、新聞社を辞め文筆業に専念した。そして『世界軍事探偵物語』『俠客忠治』『曽我兄弟』などを出版し、『少年倶楽部』などの少年向けの月刊雑誌にも小説を掲載した。

1915年9月には、長年望んできた詩集を刊行することができた。第一詩集『野葡萄』である。晩村は序としての「十年一昔」に「この集に収めた数十篇の詩は、すべて自分の全力を注いだものである。何等の野心もなく、時間の拘束も受けず意の動く侭に万事を放擲して努力せる趣味の収穫であり、且つは前半生の事業として、意義あり執着ある處のものである。」と思いを述べている。

詩集には111編の詩が収められているが、3つの章に分かれ、第1章「思い出」は、52の抒情詩が収載されている。次頁の「わが夢は」西条八十編集の『近代名詩選集』に収録された。

第二章には「ひな唄」野詩として民謡詩27編が載っている。「佐渡ヶ島」「神楽役者」「赤城つつじ」など、民謡詩人といわれる晩村の代表作が多い。

第三章は「こぼれ麥」小曲として4～10行の詩32編を収めている。

「わが夢は」

わが夢は
海士の塩木のいつまでか
黒髪は今朝も翻れて
あさましき
枕の塗に
俤は寒く映るも
秋の日は遠きに
立つ煙空に消えつゝ
吾妻はやその山かけて
雨ぞふる
けふも昨日も
さやさやと海越えて
山越えて
秋雲は通えども

わが夢は
海士の塩木のいつまでか
離れ小島の
磯がくれ、潮の音の
咽むを聴けば
肌に染む秋の一葉の
日に錆びて夕は落れ
枢戸の暗きに馴れし
わが夢は
暁の涙に濡れて、涯もなく
胸に潜まむ

赤城つつじ

赤城つつじも葉となった。
山家の空はなつかしや
日暮の路のあぶなさを
僅かふた宵寝て起きて
都へ戻る、途すがら
汽車の窓から麦の穂の
さやさや暮れる夕風も
何とはなしに悲しうて
山の姿を眺めたに

夕焼小焼、利根川の
橋を越えれば田圃道
桑摘唄も忙しさも
妹に襷を遣りたさに
父は草履をはくと云ふ
その上つ毛の夏の雨
さらりと晴れた野の杉に
昔のまゝの月が出た

祖母は寝てやら、杖ついて
いとしがられて戻るやら
手を曳く孫と別れては
汽車に揺られて物思い
土産に貫うた染糸の
あやめもわかぬ宵かけて
蛙の声がころころと
恋もゆかりも手枕の
うつつに過ぎた国原や
また戻る日の嬉しさを
ひとりの旅に数えながらに

1910（明治43）年に次男、1912年に長女が生まれ3児の父となり、父・母と子どもが揃う家庭となった。幼い頃から家族に恵まれなかった晩村にとって、この時期が最も幸せな時期であったのだろうか。家族5人で撮った右の写真はこの頃のものと思われる。3人の子は2歳違いで生まれたので7、5、3歳くらいであろうか。晩村・富子も、子どもたちも皆にこやかに笑っている

　しかし、この後悲しい別れが次々と晩村を襲ってきた。

四谷に住まう大正5年頃の晩村一家　　　前橋文学館提供
『振興ぐんま』120号より引用

1915（大正4）年7月に祖母ゆきが死亡し、12月には生家の「中村屋」が倒産した。

　この辺りの状況を晩村は、上毛新聞に1918年に連載した随想「一日一筆」の中に次のように回想している。

　　この頃の家運は一刻も祖母に安堵を許なかった。病める足を杖に支え、衰へし眼に人顔を判じながら銀行やらお得意やら。こうしても尚傾く軒のいかんともなし難きを知った時、祖母は祖父の御仏壇の前に鉦を鳴らしながら「わたしが到らぬばっかりに（中略）。せめてこの家から死んで出たい。わたしが眼を瞑らぬうちは、他人様に一文でも迷惑をかけては済まない。」と口癖のように繰り返していた祖母も今は子供のように匙で薬を啜らねばならない。（後略）

　晩村は、入院先の桜井病院に祖母を見舞い、1週間ほど看病したが、祖母は亡くなった。『野葡萄』の校正半ばであった。晩村は、序の「十年一昔」に祖母の戒名を記し

「今も尚病みつゝある自分は、悩ましい夜毎の夢に祖母と逢うことが多い。
　　　鳳仙花を仏前に剪っての朝、葬儀の日の事ども思ひ出でて
　　　別れ惜しかろ。名残も惜め
　　　そっと覗いた白木の柩
　　　胸に組む手に水晶の球が
　　　ほろりほろりと侘しげに　　　（以下３連を略）
　心ならずもこの集は、祖母が新盆の霊前に供へる事となった。」と追記した。

翌1916（大正５）年４月８日、今度は実兄喜代作（２代目與吉）が死亡した。
数日前からの発熱で医者に外出を止められた晩村は、代わりに妻子を前橋に
遣った後のことを前掲の「一日一筆」に次のように回想している。

　　　「葬儀は十日であった。その日、自分は女中の薦める薬を飲むことさ
　　　え忘れて床の裡で時計をみながら故郷の家の光景を考えていた。
　　　午後４時出棺
　　　時計の針が４時を指すと自分は床から出て、医師に叱られるのを承
　　　知で四谷の郵便局へ行って電報を打った。
　　　ハルカニオミオクリイタシマス
　　　受信人の宛名は態と世にない亡兄與吉と認めた。その夜一夜はとう
　　　とう寝れなかった。（後略）」
　体調を崩した晩村は、度重なる身内の不幸も重なり、どこか海の見えるよう
な、気候風土の良いところに転居を考えた。妻富子も同じ思いであった。

5　逗子での生活

　1916（大正５）年８月末、夏以来体
調を悪くした晩村は海の見えるところで
暮らすことになり、一家は神奈川県逗子
町池田田圃に転居した。現在は逗子市逗
子で、横須賀線逗子駅に近く池田通り商
店街となっているが、当時は田んぼが広
がっており、家から横須賀に向かう汽車
がよく見えた。秋田県由利郡の亀田藩主

1921 年頃の逗子駅
逗子市「逗子フォト」より

であった岩城子爵家の別邸跡であった。敷地300坪（990㎡）の一軒家で、花壇や野菜畑があり、ミカンや桃も植え、文筆に疲れたら、畑仕事や釣りもできる田園生活が始まった。

晩村は、1918（大正7）年出版の旅行記草津紀行『湯けむり』の附章に、家庭生活のなかで詠んだ俳句を「蚊やり草」として発表した。その章の扉に「俳壇の流行に誘われて作った句は一つもない、すべて自己本位の苦吟である。幾冊かの句帖を年代的に並べてゆくと扨て気（かな）に適った作は誠に些ない。然し自己の境遇、生活、居所の変遷を回顧すべきヒントが一句一句に鋳込まれてある。」と記している。

その中から湘南逗子時代の俳句を通して、都会の喧噪から離れ、海にも山にも近い田園生活を楽しむ一家の暮らしぶりをうかがうことができる。

残暑なほ月に人ある渚かな　　　　初秋の田畝に住むや汽車の笛

菊植えて手に土残る夕餉かな　　　初秋の畑にありぬ紫蘇の花

かけ稲のそこら蒔きゆく冬菜かな　夕去れば風呂汲む妻や山の月

十月の海鳴れば蒔く蕪かな　　　　寝不足の眼に芙蓉ある机かな

あらわなる椎の梢や今朝の秋　　　高々と蜻蛉來るや屋根の秋

山火事のあとの静かや川涸れぬ　　豆腐屋の早起きてあり今朝の秋

初めは都会を恋しがっていた子どもたちも、やがて小学校・幼稚園に元気に通いだした。

虫啼けば淋しがる子よ膝貸さむ　　芋掘れば嬉しがる子の運びけれ
コスモスの風に咳く子や被布着する（長女百日咳に悩む）

逗子転居後、田畑で土にまみれて働く農家の人々。漁にはげむ漁師一家を温かく見つめる晩村であった。妻富子も、毒消し売りの若い女が寄ると弁当を遣わせ、茶に小魚の煮つけを添えて出してやるなど、懸命に生きる人々に温かい心遣いをする家庭であった。

「花芙蓉思い痩せたる妻とあり」夏の終わりに体調を崩した富子であったが、転居地で無事に新しい年を迎えることができた。

行く年や居眠る妻や針坊主　　　　髪結ふて鏡しまふや冬の蠅

障子はる糊も足らずよ宵落ち葉　　張り板にはるものもなし冬の蠅

布團干して叩く埃や庭の雪

　しかし冬の寒さがつのる1月、富子は鎌倉の吾妻婦人病院に入院した。

　　屋根に霜の降るらし枕低う寝る　　　屋根歩く鴉に冬の寒さかな

　　海の風屋根へ冠さる夜寒かな　　　　砂深き渚の草や冬の海

　　燈し去る夜汽車のあとや春の雪　　　落梅花余寒の山に鎖しけり

　　（妻病む三句）　　　　　　　　　かゞまりて手足痩せたる春寒し

　　古雛の顔拭いてやる灯かな　　　　白粥も味氣なや聽て雁帰る

　春が近づき麦が伸びる頃、病は快方に向かった。晩村は春休みになった子ど
もたちを連れて毎日のように見舞いに出かけた。

　　据風呂に二月の畑の寒さかな　　　雲透いて陽の來る畑や麥肥ゆる

　　雪晴れの海鎮まりし岬かな　　　　一尺の麥に風ある朧かな

　　沖雲に小舟いざよふ春日かな　　　春暁の汽車に寝てゆく安堵かな

　　（日毎子等を連れ病院へ）　　　　蒲公英に土蹈みこぼす田道かな

　その後4月に入ると退院の話が出るくらい快方に向かっていたが、14日に
急変し「子どものためにも生きなければ・・・。助けてください・・・。後生
ですから助けてください」と主治医に哀願したがかなわず、
　「お父さんの言うことをよくきいて、いい子になるんですよ」と言い残して
世を去った。晩村の気持ちはいかばかりであろう。
　春になったらこの様にしよう。子どもたちが大きくなったら、あの様にしよ
うと二人で描いていた夢は打ち砕かれた。

6　帰郷後の晩村

　前橋に帰って　　子どもの頃から憧れていた家庭生活、二親と子どもたちが
仲良く暮らす家庭も、将来の夢も破れ、思い出だけが残る逗子の家に父子4人
だけで暮らし続けることはできなかった。
　富子の葬儀を済ますと、晩村は遺骨を抱いて3児を連れ前橋に帰ってきた。
赤城山も利根川も友人たちも昔どおりであった。晩村は第二詩集『麥笛』に収

録の「国に帰れば」の中で故郷の懐かしさを詠っている・・・・

国に帰れば

赤城山から日が昇る

昔ながらの町の様

若しやと思ふ幼な顔

利根の瀬音を聞いて寝る

　しかし祖母も兄も亡く、生家「中村屋」も無かった。石橋皐一（如山）は、晩村の竹馬の友であり、帰郷後も交遊を深めた一人である。如山はその当時を次の様に回想している。「自分も当時柔道教師となり、更に下野日々新聞の支局長も兼ねていた處へ、平井君が愛妻の遺骨と愛児三人を連れて、悄然と郷里前橋に立ち返ったという話を聞いて、取るものも取りあえず本町の寓居を尋ねた。平井君は僕の姿を見て『よく來てくれた。おれはもう世の中に未練はない。心遺りになるのは、この三人の子供の處置だ』と、とてもの悲観のどん底、自分は驚いて平井君を励まして、再びこの人を世の中に出さねばならぬと固い決意をもって、それから毎日訪問しては慰安督励して文人生活に返らせた。自分としては、この人を世の中に出すことは、さらに篤学の人、有産階級の後援を求めねばならぬと考へたのであった。迷惑と思ったが、竹馬の友であって、つねに畏敬してゐる煥乎堂の主人高橋清七氏に平井君の現状を物語って、学究的相談相手となって貰う様に頼み込んだ」（1939年刊『野中康弘氏追憶録』より）。

　晩村は１年後、上毛新聞に連載した「一日一筆」に次のように回想している。

「兄の葬儀に自分の代理として前橋に来た妻は、同じ月なる去年四月十四日に鎌倉の吾妻婦人病院の一室で病没した。その遺骨を抱えて三人の子供の手を曳いて故郷の人となった自分は、この卯月には亡兄の三年忌と亡妻の一年忌と営まなければならぬ。

　「顔を見知らで別れし父の命日は四月四日。

　　兄の命日は四月八日、

　　亡妻の命日は四月十四日。

　　父も子供を三人残して死んだ

　　兄も子供を三人残して死んだ

妻も子供を三人残し冥途へ急いだ。

何という不思議な運命であろう。（後略）」

　このように回想していた晩村自身も、わずか１年５カ月後に３人の子を残して冥途に旅立つとは、思いもよらなかったであろう。

　前年４月の兄の葬儀に病気のため参列できなかった晩村は、帰郷した年の夏以降も体調は優れなかったようである。晩村は３人の子を養うため、弱った体にむち打って、子どもの面倒をみながら、多くの作品を書き続け、歴史小説文庫を出版した。他に『日本少年』『少年倶楽部』などの少年雑誌や、『人情倶楽部』『武侠世界』『新探偵』『夢の世界』『学生』『女学世界』『文芸倶楽部』『講談倶楽部』などの月刊誌に多くの作品を寄せた。そのほか紀行文『湯けむり』、家庭小品集『白菊ものがたり』も執筆した。

晩年の平井晩村
『平井晩村の作品と生涯』より

　帰郷後晩村は旧横山町にあった小石神社の西隣の借家に住んだ。病身をだましだまし、子どもたちが寝静まった後の夜中の２時、３時まで原稿書きに勤しんだ。そんな一日を『麥笛』の巻頭小言の一節にうかがうことが出来る。

　　「伯母さんと一緒に、お朔日といふので隣の神社に詣った。お賽銭をあげて、鰐口を鳴らして、ポンポンと柏手を打って、神に願いの数々はなんであったか!?

　　　二十日ぶりに土を踏んだ桐の下駄が、思ひなしか重かった。
女中の手に、茶器や座布団が片付けられると、自分の周囲にはもう誰も居なかった。
ぽつんと取り残された自分の膝は、机に向かって正しく組まれた。
　― 余儀なき沈黙
　― 本を読むか、原稿を書くか、頬杖ついて物思いに耽るか ―
之より外に努めのない自分は打ち捨てて置いた手紙の区分をしたり、約束の原稿を書く順序を定めたりしてゐるうちに、遂つりこまれていらいらと焦れはじめた。いろいろな理由もあるが、要するに、粥を啜って寝て暮らした病中の責務観念に、追ひかけるように襲われたからであった。」

こうした中でこの頃書かれた小説の題材は、記者時代に書いたものと変わってきた。以前は岩倉具視、陸奥宗光や頭山満など世の中で脚光を浴びた人物や事件を題材に華々しく取り上げたものが多かった。しかし退社後に出版した『少年忠臣蔵』『任侠忠治』『曽我兄弟』などは、世の中心で活躍した人物ではない。またその活躍を華々しく取り上げるのではなく、それまでの努力や苦労を丁寧に共感的に描いている。そして前橋帰郷後に出版した歴史小説文庫『五郎正宗』『浮田騒動』『蒙古来』（付録天目山の悲劇）『幡随院長兵衛』など、弱い立場ながらけなげに努力する姿や、親子・主従・夫婦・兄弟間の励まし合い労わり合う姿を温かく共感的に描いている。1915（大正4）年以降、次々と不幸に見舞われた晩村にとって、家族や主従間など人と人との繋がりが最も大切なものと痛感したのであろうか。死後の出版となった少年小説集『涙の花』に収められた小品も逆境の中で、こうした励ましを受けて努力して大成して行く子どもたちの姿が収められている。

　逗子町に転居後、叶九隻とともに準備してきた民謡選集『茶摘唄』を出版できた時期は、前橋帰郷後半年が過ぎていた。

　子どもたちへの思い　　この頃晩村は、子どもたちへの思いを、前述の「一日一筆」に「自分は3人の子供の将来に、是非多くの真実の友を得させたいと希ふて居る。不肖な父たる自分は到底便利な財宝を子女に残してやることはできまいが、せめて―親のない子―と指さされぬだけの強い精神と壮健の体を授けて置いてやりたい所存である。」と述べて下の詩を記している。

　こうした生活の中にあっても晩村は、詩や短歌、俳句を創り続けた。病でペンを持てなくなるまで『麥笛』の編集や校正に勤しんだ。晩村にとって詩歌は生きる証として、生業とした小説の執筆を超えたものがあったのであろう。

親はなくとも育つ子に
荒くは吹くな山嵐
立寄る軒もないものを
使い歩きは侘しかろ
他人の春着の躾け糸
わが身につけても薄綿の
見るにつけても薄綿の
雨も、涙も凍らうに
昔おもへば独楽廻し
紙鳶の遊びもしたものを
今は本意ない明暮に
親のない子は連れもない

赤城山と晩村　晩村は、多くの作品の中で赤城山を詠んでいる。「松毬」「山の中村」「赤城つつじ」「夢のふる里」「国へ帰れば」「麓恋しき」である。晩村にとって故郷の数多くの景観の中で、赤城山は特別であった。晩村の生家中村屋がある本町通りは台地にある。そ

前橋市街から赤城山を望む（曲輪町にあった鐘楼からか）『目で見る群馬県の大正時代』1986年国書刊行会より引用

の２階にあった晩村の部屋からは、裾野の長い雄大な赤城山の姿が常に見えていたであろう。逗子から戻って借りた旧横山町の家の２階からも赤城山がよく見えた。

　後述の草津紀行のあとに出版した旅行記『湯けむり』の口絵にも草津温泉の写真と共に、前橋から見た利根川の奔流を前にした赤城山の全景写真を収めているほどである。

草津紀行　1918（大正7）年6月、晩村は病身ながら体調の良い時を見計らって、友人の石橋如山（皐一）と連れ立って薬のいで湯とも知られる草津に3泊の旅をした。その時に創られた詩が今の草津節の原形となった。9月に出版された『湯けむり』に湯もみを見学した後のことが記されている。

「自分は宿に戻って、晝ながら障子の蔭に手枕をした。
『湯もみの調子に合うような唄を作って見ようか知ら…』
つれづれなる儘、扇の白地へこんな文句を書きつけてみた。

草津よいとこ里への土産　袖に湯花の香が残る
草津よいとこ白根の雪に　暑さ知らずの風が吹く

　自分が草津へ再遊して、好事家の口に拙いすさびが唄われるのを聞いたら、甚麼に興の深い事だろう。船唄にせよ、茶摘み唄にせよ、海にも山にも作者不詳の面白い文句が傳えられて居るのは、時にとっての旅人に無上の慰安を與へるものである。—自分の老後に金と刻の餘裕があったら、心任せの旅の泊りに、その土地々々の鄙歌を作って歩きたいと思ふ。」

　このような望みを抱いた晩村は、草津を再訪することなく、わずか1年余りで黄泉の国へ旅立った。もし各地への気ままなる旅が実現していたら、全国の民謡はもっと豊かになったであろう。

現在草津温泉の日帰り温泉施設「大滝の湯」に晩村の歌碑が建てられている。

大正時代の草津温泉 『目で見る群馬県の大正時代』国書刊行会 1986年より引用

『上野毎日新聞』の主幹　前橋に帰った翌1918（大正7）年11月2日晩村はこの日創刊された『上野毎日新聞』（日刊紙）の主幹に就任した。この新聞は、かつて報知新聞前橋支局にいた栗田暁湖が1915年2月に創刊した『民聲新聞』を引き継いだ新聞であった。社屋は前橋市北曲輪町40番地に置かれ、社長は全国に数紙を経営していた藤田勇、栗田は営業部長となった。発行部数は年間200万部を超えていたのは1922年までで、以後激減し1930（昭和5）年には廃刊された。発行された新聞は1926年

草津温泉「大滝の湯」前の歌碑

11月17日号が残るのみである（みやま文庫『ぐんまの新聞』清水吉二より）。

　久しぶりの新聞の世界に、主幹として大いに張り切ったであろうが、数年前からの病魔が進行し思うに任せない体調となっていたのであろう。新聞小説「大塩平八郎」「蛇供養」を連載したほか動静は伝えられていない。

7　芸術的良心を求めて

死亡直後の刊行となった第二詩集『麥笛』の「巻頭小言」に、

「『こんな事では仕方がない。… もっと確かりしたものを書きたい』枕に縋って臥しながらも、いく度愁うした嘆聲を洩らしたであろう。

— 母のない三人の子を育てゝゆく味氣ない責任のほかに

— 自己の存立を記念すべき何ものかを遺さねばならない。一篇の詩、十七字の句、たとへ形は小さくとも、よし又、世上から顧みられずとも、眞に、自己の藝術的良心を満足せしめ得るだけの勞作を摑めば足りるである。

自己を捨てたくない。　― 飽迄真面目に自由に、

　　随所随時に僞はざる自己の感想を唄って行きたい ―」

と記した晩村は、早くから詩とともに短歌と俳句に関心をもち、若いときから
多くを創ってきた。

いなのめ会の句会　　1910（明治43）年以降、いなのめ会では、句会報を
上毛新聞紙上に掲載することとなり、新俳句の動きが県下に広がることになっ
た。しかし同人は皆仕事をもち、句会も思うようには開けなくなっていた。
1914（大正3）年、山梨地方裁判所判事を辞職した関口志行（雨亭）が前橋に
戻り弁護士を開業すると、雨亭の家で句会が開かれ、会の運営も雨亭が中心と
なって担うようになった。雨亭は前橋中学校で晩村の2年先輩に当たる。

　東京に住む晩村も句会に参加していた。1915年2月の上毛新聞に掲載され
た句会報に、「頭巾」の席題に吟じた晩村の次の3句が載っている。

　　眉剃りし姉のゆつりの頭巾哉　　　　　古市の旅籠に脱ぐや染頭巾

　　耳かゆき頭巾を脱ぐや妹が許

　1917年4月傷心の晩村が帰郷すると、雨亭や高橋香山たちいなのめ会同人は
温かく迎えた。同人には前橋中学校を共に中退し、同宿して学んだ長谷川歌男
も加わっていた。

東京での作句　　報知新聞社を辞し文筆業に専念してからは、1915年、俳
人叶九隻とともに俳句・短歌誌『白瓶』を創刊している。どのような俳句が掲
載されたか資料はないが、前述の『湯けむり』の附章「蚊やり草」には、東京
時代の1914 ～ 1916年の作として次の句が収められている。

　　湯たんぽや火事を怖がる男の子　　　　木兎やそろそろ經も果てる頃

　　猿曳の猿を叱るやそら心　　　　　　　水仙や原稿を書く肩の凝

　　蛙啼くやそこはかとなく暮るゝ草　　　暖かや田圃夜草を人の來る

　　燕やぬるき茶を汲む小商ひ　　　　　　囀りや姉に忌明けの襟を剃る

　　束ね置く儘の庭木や春淺し　　　　　　常磐樹の明るき風や梅蕾む

　　雉子啼くや枯れしが儘に山の桑　　　　鍬おろす草ふかぶかと卯月かな

梨子棚の虫とるそこら春惜しむ

花桐に日も夕なる雀かな

あちら向いて柱のかげの髪涼し

（高尾登山二句）

青嵐山涼を踏む草履かな

鶺鴒の尾に風暮るゝ清水かな

葛水も侘しき母に帰省かな

明易く庭掃いて顔洗いけり

蜩やすでに蚊帳つる山の風

月に歩む夜道の汗や二三人

盗まるゝ柿に踊をうとみけり

冬椿梭やすめ焚く竈かな

屋根草の搖れ搖れ春の雷暗し

夏の露すでにの団扇の風睡し

佛参の蜻蛉を見る眼うるみけり

夏虫やひろびろと住む在所の灯

明け易き妻は水仕や只睡むし

蜩や四十九日の忌に詣る

いつまでも夜風の辻の踊りかな

停車場へ冬の月夜の一人かな

いつか冬の月出でありぬ山仕事

「蝕める芙蓉に二百十日かな」　　この句は、晩村永眠の 18 日後に出版された第二詩集『麥笛』の巻頭小言に記された句である。晩村が「指折り数えて、ひたすら上梓をまつばかりである」としていた詩集であった。大正七年の二百十日の日付で、

> 「これは一昨年の二百十日の朝、相州逗子の閑居で作った句である。その前年までは永らく東京に住んでいた。三人の子も皆東京で産湯を使ったのである。一昨年4月亡妻の遺骨と、三人の子どもを左右にして上州へ戻ってから、ゆくりなくも、重ねて二百十日を故郷に迎えた譯である。
>
> 　来年の二百十日には、この文机が果たして何處に据えられる事やら。」

と記されていた。　1 年後にこの予感がまさに現実のものとなることになってしまった。

晩村の代表句　　晩村死後 3 回忌となる 1921（大正 10）年の 9 月 17 日晩村追悼の句会が開かれた。席上、長谷川歌男は晩村の代表句として次の 5 句を挙げた。

七夕やどの帯締めて戸に立たむ

蛙啼くやそこはかとなく暮るゝ草

いつか冬の月出でありぬ山仕事

燈し去る夜汽車の後や春の雪

屋根に霜の降りるらし枕低う寝る

小説の数々　　晩村は報知新聞社の記者時代から、病でペンが持てなくなるまでたくさんの小説を書いてきた。ジャンルは歴史小説から家庭小説、少年少女小説など多岐にわたっている。発行の媒体は単行本や新聞の連載小説だけでなく、様々な雑誌、全集、各種の定期刊行雑誌に及んでいる。晩村研究の底本となっている晩村の次男である平井芳夫著『平井晩村の生涯と作品』でもその全容は捉えられないとしている。紙面は限られているが、書名だけでも今分かる範囲で追ってみたい。

年	書名・題名	雑誌名・全集名	出版社
1908	小説　女教師	婦人世界 3 巻 9 号	実業之日本社
1910 明治 43 年	明治三大探偵実話	新聞連載小説	報知新聞
	陸奥福堂の下獄記	〃	〃
1911	刺客西野文太郎	冒険世界 4 巻 4 号	博文館
1912 大正元年	風雲回顧録 / 岡本柳之助 述	単行本	武侠世界社
	風雲児 雲井龍雄	武侠世界 1 巻 9 号	〃
	お虎ヶ淵の怪火	武侠世界 1 巻 10 号	〃
	明治三大探偵実話	単行本	国民書院
1913 大正 2 年		武侠世界 2 巻 1 号	武侠世界社
	佐久間象山	武侠世界 2 巻 11 号	〃
1914 大正 3 年	頭山満と玄洋社物語	単行本	〃
		武侠世界 3 巻 5 号	〃
	青葉城の烈士 / 三好監物	武侠世界 3 巻 6 号	〃
		新国民 19 巻 2 号	大日本国民中学会
	女仇討ち物語	単行本	古川文栄社
1915 大正 4 年	世界軍事探偵物語	単行本	国民書院
	筑波根物語	新国民 21 巻 5 号	大日本国民中学会
	筑波根物語	新国民 21 巻 6 号	大日本国民中学会
	維新志士 殉難叫血録	単行本	国民書院
	山本勘助	日本少年 10 巻 13 号	実業之日本社
	水戸光圀と犬公方	少年倶楽部 2 巻 12 号	大日本雄弁会

	妖怪奇譚 番町の狸音頭	武侠世界 4 巻 9 号	武侠世界社
	侠骨鯉の久三	武侠世界 4 巻 13 号	〃
	歴史物語　血吹雪	単行本	一橋堂書店
	浮世の波	単行本	栄文館
1916 **大正 5 年**	少年忠臣蔵	日本少年 11 巻 1 号	実業之日本社
		日本少年 11 巻 2 号	〃
	少年忠臣蔵	日本少年 11 巻 3 号	実業之日本社
		日本少年 11 巻 4 号	〃
		日本少年 11 巻 8 号	〃
		日本少年 11 巻 9 号	〃
	五郎正宗	日本少年 11 巻 10 号	実業之日本社
	五郎正宗	日本少年 11 巻 13 号	〃
		面白倶楽部 1 巻 2 号	講談社
		少年倶楽部 3 巻 1 号	大日本雄弁会
	登竜門	少年倶楽部 3 巻 4 号	大日本雄弁会
	備後三郎	〃	〃
	曽呂利新左	新国民 22 巻 4 号	大日本国民中学会
	嵯峨の夜風	愛国少年　1 月号	
	侠客忠治	単行本	大日本雄弁会
	曾我兄弟	単行本	国民書院
1917 **大正 6 年**	桜吹雪	面白倶楽部 2 巻 1 号	講談社
		〃　　2 巻 8 号	〃
	吉田御殿運命の花	〃　　2 巻 11 号	〃
		中学生 2 巻 1 号	研究社
	鬼内蔵の最後	武侠世界 6 巻 2 号	武侠世界社
	ちょんまげ物語	少年倶楽部 4 巻 4 号	講談社
	七草粥	金星 6 巻 5 号	金星社
	田圃の一日	新国民 23 巻 6 号	大日本国民中学会
		雄弁 8 巻 8 号	大日本雄弁会
	侠客物語奴長兵衛	冒険世界 10 巻 3 号	博文館
	白虎隊	歴史小説文庫第 1 編	国民書院
1818 **大正 7 年**	悲しき凱歌	学生 8 巻 2 号	冨山房
	鳴海紋	人情倶楽部 1 巻 3 号	文教社
		人情倶楽部 1 巻 5 号	〃
	稲妻強盗	人情倶楽部 1 巻 6 号	〃
	南州外伝・薩南探偵秘録	新探偵　3 月号	
	武侠史劇浪人	武侠世界 7 巻 4 号	武侠世界社
	悲しき教訓	少年倶楽部 5 巻 2 号	講談社

	意地くらべ	〃 4号	〃
	裾野の露	〃 5号	講談社
	短か夜	〃 9号	〃
	露の宿	〃 11号	〃
	捨小舟	6月号より連載	〃
	秩父颪（おろし）	夢の世界1巻2号	あきらめ倶楽部
	秩父颪（おろし）	夢の世界1巻3号	あきらめ倶楽部
	少年忠臣蔵の一節	新国民26巻6号	大日本国民中学会
	大塩平八郎	新聞連載小説	上野毎日新聞
	少年忠臣蔵	歴史小説文庫第2編	国民書院
	浮田騒動	歴史小説文庫第3編	国民書院
	蒙古来	歴史小説文庫第4編	〃
1919 大正8年	五郎正宗	歴史小説文庫第5編	〃
	幡随院長兵衛	歴史小説文庫第6編	〃
	白菊ものがたり	単行本	神谷書店
	山中鹿之助	日本少年14巻3号	実業之日本社
	はぐれ鳥	人情倶楽部2巻3号	文教社
	無花果の門	女学世界19巻3号	博文館
	黒髪の主	女学世界19巻8号	〃
	朧ふり袖	文芸倶楽部　5月号	〃
	鄭成功（ていせいこう）	少年倶楽部6巻6号	講談社
	枯れ野の花	講談倶楽部　6月号	〃
	涙の花	単行本	大日本雄弁会
	蛇供養	新聞連載小説	上野毎日新聞
	熊沢蕃山	歴史小説文庫第7編	国民書院
	鏡山物語	歴史小説文庫第8編	〃
1920 大正9年	夫婦雛（めおとびな）	単行本	講談社
	維新の志士	歴史小説文庫第10編	国民書院
	二宮尊徳・阿若丸・吉野の花	単行本	〃
1921 大正10年	金が敵（かたき）	単行本	三芳屋書店
	大西郷暗殺秘聞（一） 薩摩下り	新国民33巻3号 著者名に平井晩村遺稿	大日本国民中学会
	大西郷暗殺秘聞（二）	新国民33巻4号 著者名に平井晩村遺稿	大日本国民中学会
	大西郷暗殺秘聞（三） 薩南探偵秘録	新国民33巻5号 著者名に平井晩村遺稿	大日本国民中学会
1923		苦楽	大阪プラトン社

小説以外の出版物

年	ジャンル	書名・題名	出版社
1910		景情小品（門外、立秋、野調）	日高有倫堂
1915	詩集	野葡萄	国民書院
	探訪記	『生活』3 巻 9 号	博文館
		「井上候の朝夕と武子夫人」	
	詩	『新国民』21 巻 2 号　野詩五題	大日本国民中学会
1916	評論	読書の趣味と其の方法	国民書院
		上毛 1 巻 5 号	
	文芸誌	『文章倶楽部』8 号　閑居十五句	新潮社
1917		西園随筆―俳句小品	
	詩集	絵入り民謡選集　茶摘唄（共著）	白瓶社
1918	随筆	新聞連載 随想　一日一筆	上毛新聞社
	旅行記	湯けむり（付・俳句集）	武侠世界社
1919	詩集	麥笛	玄文社

白菊会歌人として　　早稲田大学在学中に歌人金子薫園が結成した白菊会に加わった。白菊会は明星派とは異なる写実的な歌風を目指していた。1905（明治 38）年新潮社から刊行された薫園編選の歌集『凌宵花』に晩村作の次の 14 首が掲載された。

　草の香をかぎつつたどる小羊の歩みおそきに鞭あげな人

　ほこらしう孔雀がつくる虹の輪にまかれし戀の落椿かな

　涅槃会の鐘のひびきにわかれては遠山すべる春のゆふ雲

　こほろぎの髭の長夜の灯はふけて葛挽く人の唄ねむげなり

　京の山をりをり鳥のこゑはして堂の朱めぐる晝の木枯

　辻占の灯かげ小さき曾根崎に紙衣男がうつ砧かな

　蔓おもき軒のへちまの尻吹いて夕べとなりし青嵐かな

　撞く人は誰そやゆふべの若王子竹にこもりて鐘のきこゆる

　僧庵や俳の座はてて蕗の井に茶釜あらへば月いざよひぬ。

　水団扇水にぬらして晝がほの花に風やる小縁さきかな

　青嵐に笠の紐結ふ午さがり人にも逢はず小夜の中山

暮れてゆく山は筑波かわか草の果ての武蔵に鎌間をよぶ

元結はいつおく君か眉ずみの常やわらかき春のうた守（師がおん机の古代人形を）

木枯のなごりかすけき鰐口や緒のなが夜を佛やせおわす

　翌年刊行された薫園編選歌集『伶人』は、前半分に金子薫園の歌を載せ、後半分を白菊会詠草として同人７人の歌を収めていた。晩村は「紅梅笠」の題で24首と多くの歌を収めており、以下に掲載する（『凌宵花』に集録されている５首を除く）。

松毬に御肩うたれむ召しませと麓の嫗に笠売られけり

山寺に灸乞ひゆく道づれを馬子に取られてきく春の鐘

水汲むと舟をよせたる秋風の淡路は畫もうつ砧かな

みだれふす胡蝶の床とふみかねて銀杏散る野は黄昏れにけり

出雲路や如月さむき神垣の梅に結べる戀文も見し

母のせて温泉へ曳けば白駒のたて髪ぬるる小野の朝霧

霧降れば棺車も衣笠もけぶれるさまに見る鳥部山

心のみせかるゝ旅のならわしを啼かでも過ぎよ笠の上の雁

燕　来てとつぎの衣ぞいそがるゝ迎え舟待つ女護の島姫

狂言のうわさも壬生の里吹いて木の芽ほぐせし春の山かぜ

ちる花にかざす扇の假名書きを人に読まれしさくら舟かな

猿曳も老いぬる冬の津の国は売らるゝ猿の簽にふる雪

山鳥の夢おぼろめく小屏風をへだてて乳母と春惜しみけり

早蕨のほぐれもはてぬ朝の湯に越ゆべき山の影もくむかな

鳩がつく鐘かや朝の雪洞に恨ちひさき君とおもひし

秋の山遠音に鹿の啼く宵と硯借りたる観音寺かな

うら山は木賊刈られて子兎の耳とも見えず片われの月

母の忌や順禮よびていさゝかの茶粥してやる春寒の朝

いやはての光まとひし向日葵の傾くごときこの別れかな（祖父を失いて）

その後、新聞記者として、小説家として仕事に追われる中でも、折に触れ詠み続けてきたが、歌集としてまとめる機会はなかった。

死後に残された日記帳に記された2首（後述）が辞世の歌となった。

8　愛し子を遺して

最後の夏　病身にむち打って多くの作品を書いてきた晩村であったが、1919（大正8）年になると肺結核はさらに進行していた。末娘は4月から1年生になったが、旧南曲輪町の実妹すみに預け、そこから桃井小学校に通わせた。晩村は長男・次男とともに異父妹のぶ江に手伝ってもらいながら暮らしていた。『少年倶楽部』6月号に「鄭成功」、『講談倶楽部』6月号に「枯野の花」を掲載したのち月刊誌への掲載はとだえる。

6月5日から前橋日赤病院に入院した。しかし7月10日には退院した。病状が回復したからではなかった。治癒が見込めず自宅で療養することにしたからであった。

やせ細った体を横たえ、うつってはいけないと病室に子どもを入らせなかった。代わりに日記を書かせ、添削して励ましていた。

晩村永眠　9月2日、厳しい残暑の日差しが落ち、雷鳴がとどろき、雷が近づくころ容態が急変した。晩村は、静かに息を引き取った。享年35であった。残された日記には2首の短歌

　　「母なくも父はありけり父死なば誰たよるらん撫子の花」

　　「やがて死ぬ父とも知らで日記つけて褒められに来る兄よ弟よ」

が残されていた。

霊前に供えられた『麥笛』　9月20日、晩村の第二詩集となる『麥笛』が霊前に供えられた。巻頭小言に「自分は、ひたすら『麥笛』の上梓をまつばかりである。

　　「　― 産着縫う嫁女の、針の手が急ぐのと同じ心で。つつましい善
　　　男善女が御本山詣りの首途の日を、指折り数えて、待つやうに　― 」

と文を付していた詩集であった。

　『麥笛』は、『野葡萄』発行以降に創った詩・民謡詩78編から成る。「大正七の二百十日に」と書かれた巻頭小言には「一再ならず取捨に惑ふたのであったが、結局、作為の比較的よく現れたと信ずる稿のみを探ったもの、自分にとっては、思い出の多い実生活の記録である。」と記している。『野葡萄』発刊以降の3年間、1916（大正5）年8月の逗子への転居、妻富子の病死、前橋帰郷と喜悲の大きな日々の思いを飾ることなくありのままに詠んだ詩である。

七草まで

　田圃の風に紙鳶あげて
　争ひ絶えぬ兄弟の
　足袋も帽子も新らしき
　村のなかなる一軒家

　枝に残りて色づける
　蜜柑の珠を転がして
　道中おそき双六の
　宵の泊りも親子づれ

　海の初日も拝みしか
　磯の小松の葉のかげに
　唄も聞かれぬ里ながら
　万歳も来ず、鳥追の

　隣に遠き年頭の
　こころ暇なる田に畑に
　鍬をやすめの人も見ぬ
　七草までの春は長閑けし

　その中の逗子時代の11編を「都をはなれて」、帰郷後の14編を「子守歌」、そのほかの29編を「麥笛」、24編を「山繭」に分けて収めた。

　次の「七草まで」は、逗子時代の作で、慣れない田舎生活に戸惑いながらも、心豊かに暮らす一家の暮らしを詠んだ詩である。

淋しき春

　行く年の名残の空に
　百八の鐘も消え入る
　静けさを寝惜しむ子等を
　叱るべき母もあらねば

　書初の机ならべて
　若水に顔を洗ふや
　おとなしう墨もすりけむ
　兄妹は侘しう起きて

　いとほしや、末の娘の
　只ひとり手毬つくとて
　忘れたる唄の一節
　問われても――父は知らぬに

　初春の軒の門松
　明け暮れを人も訪い来ず
　双六の長き旅路も
　遣瀬なや――母の在さねば

　「淋しき春」などの前橋帰郷後の詩「子守歌」には、母を亡くした子どもたちを思いやる心と、男手で、また病気を抱えて子を育てなければならない遣る瀬ない気持ちと、妻富子を想う心が赤裸々に詠われ胸がうたれる。

1915（大正4）～1917年の詩作は、次の「燕と雁」ほか28編を「麥笛」とまとめ、「落梅花」とほかの23編を「山繭」に分けて収めた。

燕と雁

春のおぼろ夜雁がねの
旅は道づれ、親子づれ
花が咲くのに何故かへる
うまれ故郷が恋しさに
海山越えて急ぐのか
いち度は雁にあひたさに
ことしも来たにつばくらめ
柳の宿へ泊まっても
雁と燕は西ひがし
遠くはなれて泣き暮らす
同じ翅を持ちながら
旅から旅へわたるにも
つばめの箭文雁がねの
首にかけたる玉章を
見せも見もせず
花が散る

落梅花

侘しさは鋲の鈴の
なるにさへ心おかれて
灯しの庭のくらきに
落梅花そぞろなるかな
ふるさとに、遠き昔の
夢さぐる母のふところ
おもかげは隔たりぬれば
只悲し旅のあけくれ
いつまでか鏡に痩せて
かくばかり嘆きてあらむ
はるばると海山超えて
燕さえ軒にもどるに
せめていま小草のかげに
立ち寄りで春を待つとも
わりなしや帯も小袖も
匂いなき恋のぬけがら
顧みて郎もうらまじ
黒髪を枕に敷きて
落梅花、我も消なまく
思い出にひとり慰む

前の二章のように晩村一家の実生活を詠ったものではないが、親のない子のさびしさ、別れの悲しさ、社会の底辺で必死に生きる人々の姿が詠われており、晩村のこれらの人々への温かい心が作品に現れている。

永眠した翌々年『新国民』3月号から、平井晩村遺稿として「大西郷暗殺秘聞」が連載された。5月号「大西郷暗殺秘聞（三）」

の末尾には「＝以下次号＝」と記されていた。

晩村の墓地　晩村は百軒町の天川霊園に葬られた。高さ４ｍの墓には「平井晩村之墓」と友人でありいゝなのめ会同人の高橋香山の書を刻んだ。生前「頭を使っていたから、周りには木を植え木陰をつくってもらいたい。」と話していたことを請け、墓石の後ろに２本の桧と周りに柊が植えられた。墓前の石灯籠には、晩村一家が最も楽しく暮らした逗子時代に創った俳句

天川霊園の墓　『平井晩村の作品と生涯』より

　　「芋掘れば嬉しがる子の運びけれ」

　　「屋根に霜の降るらし枕低う寝る」

が刻まれた。その後霊園は、1985（昭和60）年前橋市嶺町の嶺公園墓地に移転した。晩村の墓もそのまま移された。

　そこは前橋市街地の北東６㎞のところ、生前晩村が愛した赤城山の懐である。眼下には、幼い日に駆け回った街、青春の意気を叫んだ利根の流れ、命を削って子育てに努めた町を見下ろすところである。

　　　落　葉

落葉掻くまで大人びし
いたいけない子に母はなく
父は庄屋に米搗きに
留守は隣へことづけて
連れもなければ只ひとり
裏の林で日を暮らす

詩碑の建立　1931年９月晩村の13回忌に当たり、友人（関口志行、高橋清七、石橋如山、野中康弘）たちの手によって、東照宮の奥に詩碑が建てられた。

　碑面には晩村の第一詩集『野葡萄』のなかから、秋の一日をひとりで過ごす母のない子を温かく見つめている詩「落葉」が刻まれている。詩の前後に、晩

村の友人で日本画家、歌人でもある平福百穂によるリスのレリーフがはめ込まれた。

　戦後、公園の整備計画に伴って、現在地日本庭園のひょうたん池の中島に移された。

晩村と友人達　　幼少期の晩村（駒次郎）は、近所の子らと空き地や神社の境内で、たこ揚げ・こま回しに興じる元気のよい子であった。また仲間や兄が隣町の悪童にいじめられると、小さいながらも向かってゆく男気のある子であった。それ故友達はたくさんいた。数多くの中から詩碑の建立に力を出し合った4人とのつながりを見てみよう。

石橋皐一（如山）　　後年前述の『野中康弘氏追憶録』の中に「平井晩村君は、やはり小学校時代から竹馬の友、幼年時代から可成親しくしてゐた。僕の家は家運が傾いたが、平井君の家は益々栄えてゐた。平井君が東都に遊学中、帰省毎に僕の家を訪ねて「石橋君居るか」と、貧乏世ざかりの当時、僕の家へ尋ねてくれた竹馬の友は平井君で、その後屢々上京毎に親友としての待遇を篤く受けた。」と記した。

　前橋帰郷後の晩村一家の転居先を見つけたり、草津温泉紀行に同行したり、肝胆相照らす仲であった。晩村の推薦で萬朝報の地方版記者をしていたが、後年、郷土紙『上毛日々新聞』社長として活躍した。

高橋清七　　1884（明治17）年生まれで晩村と同年である。生家は晩村の家の西100mに煥乎堂書店を開いていた。煥乎堂は父常蔵が明治初年から開いた店であるが、書籍類の販売だけでなく、教科書、地図、郷土図書などの出版も行っていた大書店であった。

　長男の清七は跡継ぎとして、小学校卒業後、東京の書店に奉公に出て、上級学校には進学していない。しかし独学で和漢の学を修め、英語やラテン語にも通じていた。スピノザ（17世紀オランダの哲学者、汎神論を唱えた）の研究者として知られ、没後、蔵書は群馬大学や県立図書館に寄贈された。それぞれ特設の文庫として公開されている。

　2代目社長になり経営手腕を発揮するのは、1917（大正6）年晩村が帰郷した年であった。それ以後目立たないが晩村のよき相談相手として文筆生活を支え続けた。

野中康弘　　1882（明治15）年生まれで高橋清七とは幼なじみの関係であった。前橋中学校に入学後、晩村と共に校長排斥運動を主導した。康弘の弟はその頃のことを「平井さんの家に迎えに行っても、居留守をつかわれた。兄はそこで何かを計画している様で学校へは行かず。父は、学校を止めさせた方がよいといふので、学校を止めさせた。」と回想している（『野中康弘氏追憶録』）。

前中中退後、家業の芝居小屋柳座の興行を少し手伝う程度であったが、その後、明治末期には柳座の経営を任された。大正期（1912年〜）になると活動写真（映画）が大衆娯楽の大人気となり、昭和前期（1926年〜）には野中興行が県内に十数の映画館を経営していた。

晩村一家が前橋に戻った頃は、映画館経営に全力で取り組んでいた時期であったが、一家を物心両面から励ました。死後も高橋清七と相談して、葬儀をとりまとめ、大体の後始末をした。香典はまとめて遺児たちの学資金にと貯金して渡した。

関口志行　　前述の様に前橋中学校の2学年先輩である。陸上や器械体操が得意で、前中時代は、師範学校との対抗野球のピッチャーも務めたと伝えられている。

卒業後は、前校長で生徒に敬われた澤柳政太郎を慕って、校長となっていた第2高等学校に進学した。京都帝国大学で法律を学んだ後、甲府地方裁判所の判事を経て、1913年前橋に戻り弁護士を開業した。

京大在学中に俳句をはじめ雨亭を号とした。1915年頃からいなのめ会の句会を自宅で催すようになった。1917年晩村帰郷後は、いなのめ会の活動を通して改めて交流を深めた。

晩村没後の1930（昭和5）年には民政党から衆議院議員に当選している。また1947年戦後初の公選制となった前橋市長に当選し、1958年まで、戦後復興や市町村合併の大仕事を成し遂げた。沈着冷静で筋の通った志行の考えは、晩村の作品にも少なからぬ影響を与えたと考えられる。

付 晩村が歩いた前橋の街

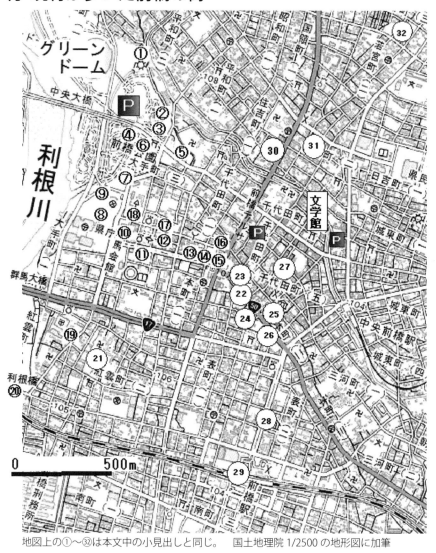

地図上の①〜㉜は本文中の小見出しと同じ。　国土地理院 1/2500 の地形図に加筆

1　幼い日の思い出の地

①　**柳原堤　兄と二人で見た赤城山**　　前橋公園さちの池の西を流れる柳原放水路の川上へ、柳原発電所の横の石段を昇ると柳原堤の上にでる。ここを

風呂川が流れている。晩村は小学生の時、兄と共に謡の稽古に通った。当時の思い出を少年小説『櫻ん坊』に描いている。

「師匠の家は、殿様から拝領したままの藁葺屋根家であった。稽古の帰り、利根の堤の松原にかかると、すそ野を広げた赤城の嶺がよく見えた。」そこから崖を降り磧（かわら）に降りた後、権現様の堤を上がって桜んぼを拾ったとあることから、謡曲の師匠は岩神町にあった旧藩士の屋敷町であった観民小路に住む士族であったのだろう。

柳原堤から赤城山を見る．左下は広瀬川

柳原堤からは今でも昔と変わらない赤城山が向町通りと言われた家並み越しによく見える。また眼下には、低落差の水

柳原堤の西に残る松

力発電所の導水路として改修されたが広瀬川がよく見える。

足下を流れる風呂川の流れは100年前と変わっていない。風呂川は昔は前橋城の堀の水、侍屋敷や町家で暮らす人々の生活用水・防火用水であった。また町の南に広がる田畑の灌漑用水としても重要な用水であった。今でも昔より少なくなったが六供町や天川原町の水田を潤している。細い堤の、上を流すために、堤は版築で固め水路を粘土で巻いている。そのため落ちたら上がれない川、人取り川として恐れられてきた。

風呂川は東に流れ、るなぱあくを回って流れているが、川沿いの小道の雰囲気は晩村が歩いた頃とあまり変わっていない。西側に残る松は、今では1本だけとなった。

2　晩村の詩碑がある前橋公園

②　臨江閣　　風呂川に沿って柳原堤を歩むと臨江閣の北を通る、ここは見事な松並木が残っている。晩村の思い出の中に「松毬は今でも落ちているだろ

うか」と登場する。

　臨江閣は、町の迎賓館として晩村が生まれた年 1884 年（明治 17）に建てられた。当時の利根川は西から臨江閣の南に大きく曲がって流れ、ここは大河（江）に臨む高台に建つ楼閣であるとして臨江閣と命名された。

臨江閣本館

　明治初期の前橋は、県庁所在地・蚕糸業の中心として賑わっていたが、遠来の賓客をもてなす所はなかった。それを憂えた県令楫取素彦の勧告により、前橋の有力者たちが資金を出し合い、町の中心に近い景勝の地を選んで建て、町に寄付したものである。木造瓦葺き 2 階建て建坪 90 坪（297㎡）で、1 階は和室 4 室である。その 1 室の床には、甕が埋められ能などが演じられ

臨江閣別館（貴賓館）玄関

るように造られている。2 階は和室 2 室で御簾で区切られている。明治天皇や皇太子（後の大正天皇）の行在所になったこともある。数奇屋風造りに属し、近代和風建築の好例として 1986（昭和 61）年群馬県指定重要文化財となり、その後 2016（平成 28）年には国の重要文化財に指定された。

　東に建つ桟瓦葺き入母屋造り 2 階家は、1910 年の一府十四県連合共進会を記念して建てられた貴賓館で、2 階は 280 畳の大広間になっている。1945 年空襲で焼けるのを避けるため市役所が疎開していた。1954 年市庁舎の新築後は、1980 年まで中央公民館として使われた。その後本館とともに国重文に指定された。

　妻亡き後 3 児を連れ帰郷する 7 年前には建っており、公園を散策するとき晩村は、今とほぼ同じ景色に親しんでいたであろう。

るなぱあくとトンネルでつながる園地

本館の西側にある茶室も同時に建てられたもので、京間４畳半の草庵茶室で臨江閣茶室として特に名は無かったが、近年楫取素彦の雅号に因んで「畊堂庵（こうどうあん）」と名づけられた。茶室も本館、別館とともに国重文である。

③　ひょうたん池　　臨江閣の正門の南手前を下りたところに、ひょうたん池がある。明治末期に前橋公園が造られたとき日本庭園として最も早く整備された箇所である。池の周りには松や楓が植えられ、橋で結ばれた中島には東屋が設けられている。戦後1956（昭和31）年、東照宮の奥に建てられていた**晩村の詩碑**が移された。

星野翁碑

この西北隅に群馬県ばかりでなく日本の蚕糸業の発展に大きな功績を残した人、**星野長太郎の碑**がある。長太郎は、明治初期に郷里の勢多郡水沼村に群馬県最初の民営の器械製糸所を開設したのをはじめ、日本が世界最大の生糸輸出国になるまで日本蚕糸業の発展に大きな貢献をした人である。その功績を記念して1922（大正11）年に顕彰碑が建立された。

④　さちの池の周り　　臨江閣の南は塀で囲まれた日本庭園となっている。2008（平成20）年に開かれた都市緑化フェスティバルを記念して造られた。臨江閣を借景にした回遊式庭園は前橋の新名所となっている。その南に広がる「みどりの散策エリア」はグリーンドームに移転した競輪場の跡地で南にある「さちの池」とともに市民の憩いの場となっている。

晩村が生きていた時代には、利根川の激流跡の河原であった。虫取り、魚取りをする子どもたちの遊び場であった。東の崖は、利根川が前橋台地を削り取った跡である。上の芝生広場に昇る石段脇の崖面には前橋台地を形成した、火山灰に砂礫の混じった泥流堆積物を見ることが出来る。

⑤　るなぱあく（前橋市中央児童遊園）　　ひょうたん池の東側はるなぱあくである。ここは2004（平成16）年に市民からの公募によって改名された前橋市中央児童遊園である。始まりは1954（昭和29）年10月前橋グランドフェアの第二会場として設置された。メリーゴーラウンド、飛行塔、観覧車、お猿の電車、豆自動車などの大型遊具やクマ、シカ、サル、クジャクなどが飼われた

大遊園地であった。それ以来70年近く、安価に手軽に遊べる遊園地として、毎日小さな子どもたちで賑わっている。

　グランドフェアは市政60周年と、町村合併による人口15万人北関東一の大前橋市誕生を祝った博覧会であった。

赤城牧場跡碑

　江戸時代この地は東西約300m、南北約60m。深さ約8mの前橋城の大きな空堀であり、北からの攻撃を防ぐ重要な堀であった。城が出来た頃は利根川の激流が突き当たるところであったと推測され、当時の城絵図には虎ケ渕の名称が記されている。明治時代になり、晩村が子どもの頃は赤城牧場と云われた。1875（明治8）年県令楫取素彦の勧める士族授産策として、旧藩士がその東半分の払い下げを受け、赤城牧社として欧米種の牧牛を始めた。群馬県は現在全国有数の畜産県になっているが、この地が近代的な畜産業の起源となった場所である。飛行塔の北側に**赤城牧場跡碑**が建てられている。

与左衛門の功績之碑

　牧場の廃止後1921（大正10）年周辺の民有地と合わせて約1万㎡を前橋市が購入し公園にした。滝や池、テニスコートや運動広場を備えた公園であった。以前から公園になっていた西側のひょうたん池と結ぶ道（下に東西をつなぐトンネル）が出来たのはこのときであった。

　るなぱあく正面入り口の近くにある飛行塔の北に**安井与左衛門政章の功績之碑**が立っている。

　与左衛門は1786（天明6）年川越に生まれた。42歳で郡奉行（こおり）になり、天明3年の浅間山噴火以降、荒廃した前橋領の復興と再開発に全力を尽くした。各地に水路や堤防を築き良田750町歩余を復興し、313戸を興した。天保の大飢饉のとき上司の反対を押し切り、藩の貯蔵米を領民に分け与えたこともあった。

　与左衛門のもう一つの大きな功績は、利根川を改修して、城地の崩落を止めたことである。これにより前橋城の再築が可能になり、城主松平大和守家が戻り、前橋の町が再生することができたと言える。

るなぱあくの北東、広瀬川の畔は、晩村が6年間通った前橋高等小学校があった所である。戦後も2003（平成15）年まで市立神明幼稚園に使われた。

⑥　**東照宮**　　ひょうたん池をはさんで東照宮が建つ。この神社は、家康の次男結城秀康を家祖とする松平大和守家の転封とともに全国を遷座してきた。川越から移った明治初期は、朝敵となった徳川家をはばかって天神社の紋を社殿につけていた。近年現代風に建て替えられため昔の面影はなくなってしまった。神社の西に厩橋護国神社の小さな社・碑がある。西南戦争の県内の戦・傷死者129名を祀る招魂社として創建され、それ以降も日清・日露戦争からシベリア出兵までの戦没者を祀っている。この西には金のトビ（城東町生ま

厩橋護国神社　屋根越しに彰忠碑の頂部が見える

れの高名な彫塑家細谷而楽作）が止まる日露戦争の彰忠碑も立っている。

　青年期の晩村は、詩集や文芸誌を懐に利根河原によく通ったという、臨江閣や松・桜並木、これらの社や碑を見ながら坂を下ったのであろう。

⑦　**芝生広場**　　江戸時代には上級武士の侍屋敷があった所であるが、明治時代に師範学校の運動場として使われた。かつて風呂川が真ん中を流れていたが運動場を拡張するため東に移された。市内小学校の合同運動会などが開催されるなど前橋市民の広場であっ

銅像の後ろが県令楫取君功績之碑

た。かけっこの早い駒次郎はこの地を颯爽と走っていたであろうか。

　現在西側には比高5～6mの土塁が連なっている。これは**前橋城の土塁**であった。上に登れば西上州の山河を望む景勝地である。1892（明治25）年公園となり初代市長下村善太郎の寄付により桜が移植された。成長とともに花見の名勝地として現在まで、市民に親しまれてきた。

　南入口から入った直ぐの所にいくつかの碑が立っている。その一つが「**群馬県令楫取君功績之碑**」である。これは明治前期に長年群馬県令として、教育や

蚕糸業等の振興を図り、群馬県の発展に貢献した楫取素彦の功績を称えるために 1892（明治 25）年下村善太郎らが呼び掛けて建てられた。

　碑の隣にある銅像は、2016（平成 28）年 NHK の大河ドラマ「花燃ゆ」の放映を契機に建てられた楫取素彦と松陰の短刀像である。楫取県令の寿夫人が、実兄吉田松陰の形見の短刀を、生糸の直輸出の道を切り開くために、渡米する新井領一郎に託すシーンである。見守る楫取県令と領一郎の実兄星野長太郎の 4 人の姿を表している。

3　県庁とその周辺

　⑧　**前橋城本丸跡**　　公園の南は 1867（慶応 3）年に再築された旧前橋城址である。本丸跡に建つ本丸御殿が群馬県庁舎となり、三の丸には裁判所が建てられた。

　江戸幕府の大政奉還の 7 カ月前に完成した城は、日本式の城郭としては最後の築城であったが、大砲を中心とする近代戦に合わせて、外から遠望されないように建物は低く、高い土塁に囲まれた城であった。土塁の要衝には砲台の場所が用意されていた。晩村が生きた時代の県庁舎はこれである。木造平屋建てであるが高い屋根の

明治・大正期の県庁舎　臨江閣展示の模型

県庁西の高浜公園に残る土塁□

上に望楼を備えたこの時期特有の建物であった。

　晩村が歩いた頃の県庁は四方を高い土塁と濠に囲まれていた。昭和庁舎に建て替えられるとき東側の土塁・濠は取り潰された。その後も庁舎の建て増しにより潰され、昭和 30（1955 ～）年代まで西側に一部残っていた濠も埋められて高浜公園となった。城趾は県史跡に指定され、東の土塁の上には前橋城趾の碑が立っている。土塁上には数十本の黒松が植えられ県庁のランドマークとなっている。晩村が聞いた松風の音が今も聞こえている。

昭和庁舎　　今残る昭和庁舎は、御殿が老朽化したため1928（昭和3）年に建て替えられた。設計者は東京の早大大隈講堂や日比谷公会堂の設計者佐藤功一である。鉄筋コンクリート3階建てで1階は人造大理石張り、2・3階はテラコッタのスクラッチタイル張りのアールデコ風のネオルネサンス様式の建物である。当時の建築様式を伝える貴重なものとして国の登録有形文化財に指定されている。現在各種会議や集い、休憩場所として県民に広く開放されている。

県庁本庁舎　　県庁前通りの西の突き当たりが群馬県庁である。正面左は議会棟で、右が2000（平成12）年に竣工した高さ153m、33階建て、の本庁舎である。全国の都道府県の庁舎では東京都庁舎に次ぐ高さのビルである。本庁舎の32階も展望フロアとして開放されている。

⑨　**高浜公園**　　県庁を取り囲む土塁の北西に高浜公園がある。昭和30年代まで水を湛えた濠があったが今は埋め立てられ小公園となっている。江戸初期の酒井氏が完成させた城では、ここは高浜曲輪にあたる。今、この曲輪の大部分は利根川に欠け落ちている。

現在園内には郷土の詩人高橋元吉の詩碑が立っている。元吉は1893（明治26）年前橋市に生まれた。前橋時代の朔太郎との交流があった。1923（大正12）年に第一詩集『遠望』を出した後、『耽視』『耶津』を発刊したが、兄の死の1942（昭和17）年からは、家業の煥乎堂書店の経営に力を注いだ。その傍ら県内の文学活動の発展に尽力した。1965年転地療養先の神奈川県で亡くなり、詩碑の建立の他、「高橋元吉文化賞」が設けられた。

高浜公園と道を隔てて、利根川の崖淵に臨む所に小さな六角堂が建っている。弁財天とお虎を祀る**虎姫観音堂**である。堂ができたのは50年ほど前で、この地に伝わる「お虎伝説」のお虎を供養し前橋の安全を祈る市民の発願によって建てられた。伝説は前橋城崩壊に関わる次のような話である。・・・・・。

むかし、殿様は町の郊外の村で美しい娘を見初め、城に呼び殿様に仕えさせ、ひときわ寵愛した。それを妬んだ腰元はお虎が給仕するご飯に縫い針を仕込んだ。それと知らない殿様は、可愛さ余って憎さ百倍、お虎はヘビやムカデの入った箱に入れら

公園の中にある元吉の詩碑

れ、利根川の淵に沈められた。その恨みで城は毎年削られ、殿様は城を捨てざるをえなくなった・・・・。

この伝説を基に晩村は、晩年に主幹を務めた上野毎日新聞に歴史小説「蛇供養」を連載した。観音堂が臨む利根川岸は現在でも川の本流が突き当たる深い淵となっており、虎ヶ淵と呼ばれている。

観音堂の前に建つ前橋城の想像画

4 晩村がいつも通っていた街

⑩ **群馬会館**　旧前橋城は、利根川の東に現在のるなぱあくと、国道分岐点、群馬大橋を結んだ区域がほぼ城内であった。渦郭式の縄張りで城内は、濠や土塁で区分され、〇〇曲輪と呼ばれていた。

1874（明治7）年新たに城内の区域に町名を付すとき、本丸と二の丸三の丸、大手門から広小路を曲輪町と定めた。そしてその北側を北曲輪町、南を南曲輪町と命名した。かつては侍屋敷が立ち並んでいたこの界隈は、戦後の区画整理によって少なくなったが、今でも丁字路や角がずれた十字路など城下町特有の街路がところどころに残っている。

県庁の向かいに群馬会館が建っている。県庁昭和庁舎と同じ造り、似たデザインの建物で昭和庁舎と同じ佐藤功一の設計である。その2年後に竣工した。410席のホールや広間、会議室（7室）がある。晩村が公園・利根河原などへの行き帰りや高等小学校に通った頃は勿論なかったものである。そのころの多くは木造の日本家屋であり、旧本丸御殿の県庁舎も木造であった。

桐生明治館　桐生市相生町 2-414-6

この場所とすぐ近くには明治の新時代を感じさせる洋風建築が2棟屹立していた。この場所には、**群馬県医学校**（1878〜1881年）が建てられた、中央にバルコニーを備えた洋風2階建てであった。その後県立女学校（1882〜1886年）としても使われた後、群

馬県農会や物産陳列所に使われ、1928（昭和3）年に桐生市街地郊外の山田郡相生村役場として移築された。現在は国重要文化財に指定され「桐生明治館」として公開されている。

⑪　**群馬県尋常師範学校**　もう一つは、群馬県尋常師範学校である。中央にバルコニーを同様に備えた洋風2階建て、全長40mを超す目立つ建物であった。これらは、前橋に県庁を移設するために楫取県令から提示された3条件のうち2つを果たすものであった（他は県職員の住宅を確保すること）。1914（大正3）年師範学校が旧清王寺町の連合共進会会場の跡地に移転した後、勝山織物工場の一部に使われた。その後建物が取り壊され跡地は、戦時中は陸軍前橋連隊区司令部、戦後は連合国軍群馬民生部、群馬陸運事務所、大蔵省前橋財務部、国合同庁舎と時代と共に活用されてきた土地で、現在は市役所の来庁者駐車場に活用されている。

⑫　**車橋門趾**　県庁前通り（曲輪町通り）を東に進むと信号の少し手前左側のビルの裏に車橋門趾がある。江戸前期酒井雅楽頭家時代の前橋城城門のうち唯一残っている門趾である。切石積みの石垣の上に大きな渡櫓門が建てられていたことが当時の絵図から見て取れる。2021（令和3）年2月、R17とR50の分岐点

ビル街の奥に残る車橋門跡

の南西40mのビルの建設現場からその大手門跡の石垣が発見された。車橋門より大きな1mを超える石で出来ていたことが分かった。

⑬　**上毛新聞社跡**　信号の東にある中高層ビルは上毛新聞社が1964年新前橋駅近くに移るまであった所である。上毛新聞は1887（明治20）年に創刊され現在まで続く県内最大部数の地元日刊紙である。晩村は1918年1月18日から54回にわたり「一日一筆」（随時、随所の感想）を連載した。

⑭　**前橋市役所跡（第2次庁舎）**　隣の日本銀行前橋支店が建つ地は江戸時代松平氏の帰城前は前橋陣屋が置かれていた地であった。再築前橋城では大手門につながる広小路に面していたが、明治時代に入り城が破却されると他の

町屋の中と同じ路となっていた。前橋空襲の際も焼け残ったので、戦後も区画整理が実施されるまでは細い通りに木造の家が密集していた。晩村が厩橋尋常小学校４年生の時、1893（明治26）年７月、木造２階建ての市役所新庁舎が落成し旧横山町から移転してきた。市役所の東側には江戸時代（元禄期）から鐘楼があった。1883年火事で焼失したが再建され、朝夕鐘をひびかせていた。鐘楼にほど近い晩村の生家、帰郷後の住まいにも、皆寝静まっても執筆していた晩村の耳に鐘は常に響いていたであろう。**鐘楼**は戦後はサイレンに代わったが1959（昭和34）年、消防本部が建てられるまで時を告げ続けた。

　西隣には、1922（大正11）年まで**前橋郵便局**もあった。帰郷後の晩村はこの界隈を東京などの出版社との連絡に足繁く通ったことと思われる。

⑮　**不動貯蓄銀行跡**　　東へ100m進むと国道分岐点であるが、南へ道が開けるのは1900年になってからで、それまでは桃井小学校があった。交差点一帯は城内地であったので、城が破却されてから本町通りと竪町通りがつながったのである。そのため新たに竪町通りとなった部分は新竪町通りともいわれていた。明治後期には木造２階建ての商家が並ぶ狭い坂道を電車が上り下りしていた。国道拡張後も空襲で焼けなかったこの一角は戦後も木造商店が長らく残っていたが現在は古民家カフェ１軒のみとなった。

　北西角には1914（大正３）年不動貯蓄銀行前橋支店が建設された。戦後協和銀行と名が変わったが、都市銀行統合によって、1991（平成３）閉店した。ロマネスク風の尖塔を持つ銀行建屋は、大正・昭和・平成三代にわたって前橋市街地のランドマークになって市内外の人に親しまれていた。

⑯　**萩原朔太郎の生家跡**　　竪町通りに曲がってすぐの信号（千代田町一丁目）を左に入った道はかつて裁判所通りと呼ばれていた。また旧本丸御殿が県庁舎であった時は県庁正門に通じる道であった。北西角に建つ中高層マンションの南西部分が詩人萩原朔太郎の生家跡である。マンション建設前は萩原家の離れ、土蔵、書斎等が残っていたが、今は前橋文学館の広瀬川対岸の記念公園に移築保存されている。跡地には小さな記念碑のみが

萩原朔太郎生家跡碑

立っている。

朔太郎は 1886（明治 19）年 11 月 1 日この家に生まれ育った。前橋中学校卒業後 6 年間は上級学校進学のため離れていたが帰郷後、1919（大正 8）年 10 月に旧石川町に転居するまで 8 年間この家で暮らした。画期的な口語自由詩集『月に吠える』を上梓したのはこの時期である。

晩村が帰郷し旧横山町で暮らした時期と重なるが、二人の交流は伝えられていない。病身にむち打ってペンを走らせている晩村にはその余裕はなかったのだろうか。

⑰　**上野毎日新聞社跡**　晩村は死の前年 1918 年 11 月新たに設立された日刊紙『上野毎日新聞』の主幹についた。社屋は現在の前橋地方検察庁の東にある群馬県中小企業組合会館が建つ地にあった。この周辺は当時も今も新聞社の本社支局が多い地域である。病む体を抱えながらも久しぶりに新聞界に身を置き、これからの発展に胸を膨らませてこの道を歩いたのだろう。『上野毎日新聞』は 1930（昭和 5）に廃刊となったが、その後残された印刷機を活用し印刷会社となって存続している。1973 年に天川大島町に移転している。

⑱　**前橋地方裁判所**　検察庁の西は前橋地方裁判所である。ここは前橋城の三の丸であった場所で、眼病のため若くして隠居した元城主典則の屋敷地であった。最初の群馬裁判所の場所は不明であるが旧城内である。廃藩後も住んでいた前君（隠居）は 1872（明治 5）年 4 月に退去している。

玉石垣に囲まれた裁判所構内

構内は玉石垣によって囲まれている。いつ頃造られた物であろうか。明治末期に設置された農林省の前橋原蚕種製造所も同様の玉石垣で囲まれていた。1885（明治 18）年の迅速測図には、今と同じ位置と形に始審裁判所構内が描かれている。西から南を回って流れる風呂川の流れは昔のままである。100 年前にも晩村はこれらの景色を目にしていたのであろう。

5　青春を叫んだ中学校の地

⑲　**前橋中学校の跡**　県庁前の道を南に進むと群馬大橋につながる４車線の道に出る。R17 である。この付近が前橋城の内と外を分ける所であるが今は何もない。道を渡ると８階建ての群馬中央病院が見えてくる。晩村が 1898（明治 31）年から通った群馬県尋常中学校（後に群馬県前橋中学校と改称）が建っていたところである。後に晩村が校歌に「刀寧の沿岸」と詠んだように利根川の河畔であった。

晩村の中学時代はどんなであったろうか。晩村は元気が良く快活に話し、運動会の短距離走に優勝するほど活動的であった。その半面、詩歌を好み抒情的な詩や短歌を学友会雑誌に投稿していた。後に校長排斥のストライキの先頭に

前橋中学校跡碑

立つなど、「流るる水に叫びあり」と校歌に詠ったように、青春の情熱を全開にした時代であった。

２年後に萩原朔太郎も入学してきた。朔太郎は後年「郷土望景詩　中学の校庭」を詠んだ。

道路際に立つ小さな記念碑は、1987 年から旧天川原町に移転する 1934（昭和９）年まで、この地で学んだ 3,000 を超える若人の青春の「意気」を静かに伝えている。

⑳　**利根橋**　中学校跡の道の先には利根橋が 1885 年に初めて架けられた。16 年後に米国製の鋼橋に架け替えられると、すぐ隣の両毛鉄道の鉄橋と共に「利根川の双橋」として前橋名所になっていた。晩村は東京に遊学以来、何度となく利根川を渡っているが、その行き帰りは、晴れやかに、あるいは暗澹とした様々な思いを胸に渡ったのだろう。

現在の利根川を渡る橋。手前から利根橋（箱桁橋）次が JR 両毛線（上路ワーレントラスト橋）、後ろに平成大橋（斜張橋）

詩「赤城つつじ」には「汽車の窓から麦の穂の　さやさや暮れる夕風も　何とはなしに悲しそう　山の姿も眺めたに　夕焼小焼、利根川の　橋を越えれば田圃路　桑摘唄も忙しさの　妹に襷を遣りたさに」と詠っている。

㉑　**昔のままの龍海院**　　中学校跡と通りを隔てた所（龍海院には東の門から入る）には、江戸時代前期の厩橋城主であった酒井雅楽頭家の菩提寺である龍海院が建っている。

龍海院は大珠山是字寺龍海院が正式名称であるが普段は龍海院と呼ばれている。是字寺の寺号には、徳川家の天下人誕生の夢の話が伝わっている。後に姫路転封の際、前橋は家康から『関東の華として』賜ったことを重んじて、墓地は移転せず前橋にとどまった。

境内の墓地には酒井氏歴代藩主の墓所があり、初代重忠から、十五代忠顕まで整然と並んでいる。前橋空襲にも奇跡的に焼失を免れた本堂、山門、酒井氏歴代墓地、また西を流れる風呂川、周りの杉木立も、晩村が歩いた頃と変わらず昔のままである。

酒井氏歴代の墓　手前から2代忠世、3代忠行、4代忠清、5代忠挙の墓が並ぶ

6　生まれ育ち、子を育て最後を迎えた町

㉒　**本町通り**　　国道分岐点から駅前通りの五差路を越した信号までの通りである。江戸初期に前橋の中心として町立てされた。また、江戸道、沼田街道の起点で本陣・問屋も設けられていた。中世までの商業は常設の見世(店)での売買ではなく、月ごとに定期的に開かれる市によって行われていた。本町では毎月4と9の付く6カ日であった（六斎市）。

前橋の伝統行事「初市」は1月9日が年の初めの市であったことに由来している。

明治期以降は金融街として発展し、現在も銀行の本支店、保険・証券会社が多く見られる。

ダルマが多く売られる初市

㉓　**煥乎堂**　　R50 起点近くの本町通りに煥乎堂書店がある。明治初期から
ある老舗書店である。売り場面積が北関東一広い書店であった。多種多様な専

門書、学習参考書を揃え、多くの一
般客や学生客で賑わっていた。本の
小売りだけでなく地図や郷土図書の
出版も行っており、群馬県の教育や
文化の発展に貢献してきた。2代目
社長の高橋清七は晩村が帰郷した年
に店を継いだが、多忙な日々の中、
物心両面から晩村を支え続けた。弟
の第3代社長元吉は詩人としても名
高い（前掲⑨を参照）。

煥乎堂書店　手前にあった乾物店との間を入っ
た奥の建物部分に晩村終焉の家があった

　　　晩村終焉の地　　晩村は亡くなる数カ月前、旧横山町から旧曲輪町に住まい
を移している。旧曲輪町 102 番地である。ここは旧城内に当たり町名・地番が
入り組んだところである。現在の煥乎堂ビルの奥の敷地部分に当たる所で、前
の小石神社の隣であった家より庭も広く、ハクモクレンが咲き、花壇もあった。

㉔　**晩村生家跡**　　本町通りの中
程にある元気 21 のビルの西は現在
群馬銀行前橋支店であるが、明治・
大正時代は農工銀行（後に勧業銀
行）があった。そこの反対側に国立
三十九銀行の本店があり、その西隣
が晩村の生家の平井酒造店中村屋で
あった。総2階の大きな商家で、晩

2階建て駐車場となっている跡地

村の部屋は2階の十畳間であった。中村屋倒産後人手に渡った後、1945（昭和
20）年の空襲で焼失し、現在は駐車場になっている。

㉕　**生糸改所・行在所跡**　　元気 21 の建つ場所は江戸時代に本陣があった
所である。南側の R50 の歩道に「生糸改所」跡の小さな石碑が立っている。横
浜開港後、ロンドンの市場に「マエバシ」のブランド名で取引されるほど高品
質であった生糸も、悪徳商人のために不良品が出まわり評判が落ちてしまっ

歩道のケヤキの根元にある碑

た。そこで藩（当時は川越藩）では 1861（文久元）年前橋本陣の屋敷内に生糸改会所を設け、前橋の生糸商人が扱う輸出生糸は全て糸改めを受けることにした。この改め所は廃藩置県後も維持され、1878（明治 11）年に碑に刻まれたような擬洋風建築の 2 階建てに替えられた。その年 9 月に明治天皇の前橋行幸があったときは、行在所となった。翌日医学校、師範学校とともに製糸場を巡幸した。元気 21 の千代田通り側にその記念碑が本陣跡碑と共に立っている。

　その後上毛物産会社が設置され、「糸の街 前橋」を支え続け、1952（昭和 27）年から 20 年間は群馬銀行本店が建っていたところである。

　㉖　**少年駒次郎が遊んだ八幡宮**　　本町二丁目の信号を南に進むと左側に、小高い塚の上に築かれた神社が見える。前橋町総鎮守の八幡宮である。塚はこの付近に多くあった古墳群の一つである。境内は広いとは言えないが、近所の子どもたちが集まって遊ぶには十分な広さである。晩村は生家に近いこの境内で、こまを回したこを揚げるなどして育った。

　主な祭神は、誉田別命で、その淵源は九州の宇佐八幡宮である。諸職工人の守護神として都に近い石清水（男山）に勧請された後、源氏の守護神として崇められ、東国に広がった神社である。

　近在の多くの八幡宮が鎌倉の鶴岡八幡宮の勧請であるのに対して、それ以前の男山八幡宮の勧請であること、西に在った上野国府の方を向き国庁推定地より当時の単位でほぼ 6 里（3200m）の距離にあることから、国府を鎮護するためにおかれた八幡宮とも考えられている。

　上杉謙信の城代北条氏や、酒井氏、松平氏からも手厚く保護されていた。旧の連雀町・本町・白銀町・鍛冶町の鎮守様としても大切にされてきた。現在では八坂神社も合祀され、1 月 9 日の初市のときには、古ダルマ等の御焚き上げが境内で行われている。

戦災後再建された八幡宮本殿

㉗ **旧横山町・桑町・紺屋町・榎町など**　広瀬川とその支流である南の馬場川に挟まれた地域が今の前橋繁華街である。晩村は帰郷後その中ほどとなる旧横山町に住んだ。現在スズランデパートの建つ所にかつては小石神社（八坂神社）が鎮座していたが、その裏にある借家であった。2階の書斎からは赤城山がよく見えたという。晩村は、病身をだましだまし、子どもたちが寝静まった後の夜中の2時、3時まで原稿書きに勤しんだ。家の隣は旧紺屋町であった。昔は紺屋が多かったのであろうが、明治以降は花柳街となっていた。「母の亡い三人の子を育ててゆく味気ない責任のほか、自己の存在を記念すべき何かを遺したい。」という葛藤の憂さを晴らすため、時には浴びるほど酒をあおったという。

　スズランデパート前の銀座通りを東へ進むと全蓋式アーケードのオリオン通りがある。かつてオリオン座という映画館があったが、大正時代には帝国館という名の人気館であった。活動写真の始まりを知らせる音楽が旧横山町の晩村の家までよく聞こえた。経営者の野中康弘は、晩村の前中時代の同級生でストライキの主導者であり、ともに中退した。

㉘ **けやき通り（駅前通り）**　この辺りは城の再築時に武家屋敷となった所である。廃藩後廃れていたが前橋駅が開業すると、駅とつながる細い小路は何度も拡張され町一番の大通りとなった。晩村も東京などとの行き帰りに通った道である。一府十四県連合共進会を契機に渋川行きの鉄道馬車が電車化されたのは 1910（明治 43）年であった。

　市民に長く親しまれたアールデコ風のモダンな駅舎になるのは昭和になってからであるが、今はそれもない。ケヤキ並木も戦後の植栽である。当時の面影を伝えるものは、駅前東側に残る 1896（明治 29）年建築のレンガ倉庫が並ぶ上毛倉庫沿いの道のみである。

　上毛倉庫は前橋の主要産業である繭と生糸を保管するために創建された。当時の養蚕は春蚕のみであったので、製糸家は 1 年間操業できるだけの繭を購入するため、買った繭を担保に繭を買い足した。製糸家の江原芳平を中心に市内の製糸工場主や糸繭商が多く出資した。芳平は天原社を経営し製糸業で巨万の富を得たが、下村善太郎などと協力し県庁誘

上毛倉庫

致や町づくり、社会事業に多くを寄付した。

　百年以上にわたって建ち続けるレンガ倉庫群は、崩れることなく、晩村が生きた時代の街の姿を今に伝えている。

　㉙　**前橋駅**　両毛線は、官設でなく私鉄の両毛鉄道として開通した。栃木県小山から線を延ばし、1889（明治22）年に今の前橋駅が開設された。当時は鉄道の創生期で、開通していたのは新橋・神戸間、上野・塩竈間のほかはほとんどが都市と港間の短い区間だけであった。高崎線と両毛線が早期に

前橋駅北口　明治大正時代の電車を模した路線バスが発着する

開通したのは、輸出の大部分を占めた生糸や絹織物を速く横浜へ運ぶことが大きな目的で、まさにシルク鉄道であった。

　東京で遊学中の晩村の帰郷時には、生家の酒造店の若い衆が高張提灯を掲げて迎えたという。

7　小学校の思い出 — 小倉先生を訪ねて

　晩村は上毛新聞に連載した「一日一筆」の中で、小学校の恩師小倉先生の家を訪ねたことを回想している。そこは「立川町から芝居のビラの吊るしてある橋を渡って行ったこと、座繰り製糸工場を営む士族の家である」と記している。芝居小屋愛宕座に近い広瀬川に架かる比刀根橋を渡り、旧才川町の家を訪ねたのであろう。駒次郎（晩村）が歩いた道をたどって、当時の前橋の製糸業の遺産を訪ねてみよう。

日本最初の機械製糸場跡碑

　㉚　**日本最初の機械製糸場跡碑**　弁天通りを通り、比刀根橋を渡ってすぐ左折し、次に右折する道が旧細ヶ澤町の通りである。旧才川町を通り上細井町を経て赤城山に通じる道である。

　旧細ヶ澤町の通りを曲がらず R17 の住吉町一丁

目交差点に出る。その信号の北西角にある石柱にブロンズで「明治三年日本最初の機械製糸場跡」と鋳込まれている。横浜開港後、高品質で評判の高かった上州の生糸は、不正商人のため高値で売れなくなってきた。そこで前橋藩では、ヨーロッパと同じ機械による製糸を取り入れようと考えた。ここはスイス人ミュラーを雇い、イタリア式の機械を導入して7月に試験生産を始めた場所であった。3カ月後に西1kmの岩神村に水車動力による本工場を発足させた。官営富岡製糸場開業より2年早く、日本の製糸業の発展の先駆けになった場所である。

㉛　**旧安田銀行担保倉庫**　旧細ヶ澤町の通りに戻って北に進むと、大きな赤レンガ造りの倉庫が見えてくる。1913（大正2）年に群馬商業銀行前橋支店細ヶ澤出張所として開設された倉庫である。およそ全長54m、幅11m、高さ10m、桟瓦葺き2階建て693㎡の巨大な倉庫である。製糸家は1年分の繭を確保するため、

旧安田銀行担保倉庫

買った繭を担保に入れ繭を買い足した。晩村が歩いた頃の前橋の銀行には、こうした倉庫が多かった。また街中には繭を煮る匂いが常に漂っていた。晩村もこうした空気を吸いながら歩いたのであろう。

　当初は南側にも同様の倉庫があったが空襲で焼失した。この倉庫にも外壁に焼け焦げた跡が大きく残り、空襲の激しさを伝えている。

　戦後養蚕が盛んであった頃は、この北側に前橋乾繭取引所がおかれ、商品市場が開かれ乾繭の取引が行われた。その倉庫としても使われていた。

㉜　**才川緑地公園（乾燥場跡）**　北へ住吉町交番南の大通りを越え佐久間川を渡ると若宮町、旧才川町となり、通りは才川通りである。

　晩村は前述の「一日一筆」に「町はずれに行くと、板葺きの家の間に細い水が流れ、水車が廻って糸取り歌がもれていたこと、白壁の大きな家となり、先生の家は、川越より殿様に従ってきた士族で、

前橋乾燥場跡碑　今は町の人々の集いの場、憩いの場となっている

沢山の糸曳き女を使って座繰り糸をとっていた」と記している。ここは明治・大正・昭和の100年間、前橋の製糸業の中心地として賑わったところである。内職の家から、製糸工場まで、また糸繭商人も数多く集まっていた。幕末期新設の一才小路の武家屋敷でも、士族授産で製糸業を始めた家が多かった。

　才川通りの北寄りに才川緑地公園がある。ここは蚕が繭になって1週間ほどで蛹から蛾となり、産卵のため繭を溶かして出てくるのを防ぎ、乾燥して保存するために零細業者が協同して造った乾燥場の跡である。晩村が歩いた頃ではないが、当時の人々の暮らしを伝える碑である。製糸の中でもこの地域は玉糸製糸（2頭の蚕が造る玉繭の太い糸）に特色があった。

　晩村は前述の「一日一筆」の中で、母なき娘に雛を立てながら、自分の幼い記憶、病気を見舞った後、しばらくして亡くなってしまった先生を思い浮かべ「墓石の下に土となった先生の白骨の上に、一族の涙はいまも注がれているのであろうか？　いつまでもいつまでも、自分の胸の追憶からは先生の俤を消すことは出来ないのである」と結んでいる。

　公園入口には、朔太郎の「郷土望景詩　才川町」の詩碑も立っている。

8　前中生がストライキで集まった二子山

　二子山は、前橋駅から南東約2km離れ、市道南部大橋線に沿った群馬県生涯学習センターの東400mにある。全長104m、高さ11mの前方後円墳で、築造は6世紀と考えられている。

　今は周りを住宅に囲まれているが、一面の田んぼであった頃は、

前方部、後円部ともほぼ同じ大きさの古墳

野中にあるこの古墳は大変目立つ存在であったのであろう。1900（明治33）年2月に起きた校長排斥のストライキの時、4年生以下の生徒が集結した古墳であった。駒次郎（晩村）は2年生のリーダー格であった。ここに集まって気勢を上げた後、市中を行進したと伝えられている。旧の天川町・新町・中川町・片貝町・本町を歩いて曲輪町に向かったのであろうか。

9 晩村の歌碑（文学の小道）

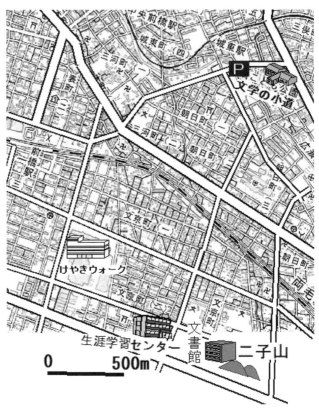

　晩村の歌碑が立つこども公園には、交通ルールを学ぶ交通公園と各種の学習の場となる児童文化センターが建つ。その一角に前橋生まれや前橋にゆかりのある人の詩碑・歌碑・句碑を並べた文学の小道が設けられている。

　前橋駅からは約2kmと離れているが、東部バイパス経路だけでなく、近年駅前の道を東へ道なりに行く道が開通した。

　中ほどにある晩村の碑には、死後残された日記に書き留められていた次の2首が刻まれている。

「 母なくも 父はありけり 父死なば 誰たよるらん 撫子の花 」

「 やがて死ぬ 父とも知らで 日記つけて 褒められに来る 兄よ弟よ 」

10 晩村の眠る赤城山のふところ

　1919(大正8)年9月2日に亡くなった晩村は、百軒町の天川霊園に葬られたが。1985（昭和60）年 区画整理事業のため、霊園はそのまま前橋市嶺町の嶺公園墓地に移転した。そこは晩村が子どもの頃から仰ぎ見て、詩に詠み親しんだ赤城山に抱かれた地であった。

　墓地への道順は、赤城県道の上武上細井の信号を右（東）に折れ、上武国道の上武小神明の信号を左折（北）した後、ひたすら上に登って行くと、左に嶺公園墓地入口がある。やり過ごし少し行くと右側に東入口がある。駐車場に車を置き、中に進む。丁字路を右に折れ、次の角

晩村が眠る赤城山を望む歌碑

に案内標識があり、下に降りる小階段がある。降りたところにある桧の木の根元に「平井晩村之墓」と大きく刻まれている。木は大きくなり、晩村の願い通りに墓に木陰を差し掛けている。

木に囲まれ晩村が眠る墓

移転墓地案内図

晩村の墓

南面道路へ　　東入口　　市街地へ

P　P

あとがき

　晩村が短い生涯の中で残した詩や小説の題材に多く共通するのは、不遇な運命・生活の中でけなげに努力する人間の姿である。弱いものに温かい眼差しを注ぎ続けた晩村の心根は、自己の生い立ちが基になって形成されたものがあろう。そして3児が生まれた頃から、次々に襲う不幸を通して、懸命に努力する人々を励まし、弱者や敗者にも共感的な眼差しを強く向けることになったのであろう。

　残された幼子を養うため、病身にむち打ってペンを握りながら、「自己の存立を記念すべき何ものか一篇の詩、十七字の句、たとへ形は小さくとも、眞に、自己の藝術的良心を満足せしめ得るだけの勞作を摑めば足りるである。」と思いながら、わずか35歳で早世してしまった。没後100年が過ぎたが、もっと見直されてよい詩人・文学者である。

　この小文は、一般財団法人群馬県教育振興会発行『振興ぐんま』120、121号に連載したものを基にしています。文学には門外漢の小生が執筆したのはやむを得ない事情からでしたが、そのときに集めた資料は12頁に収まらず、今回ブックレットに機会をいただけたことを深く感謝しています。

＜参考文献＞

・『平井晩村の作品と生涯』平井芳夫　煥乎堂　1973 年

・『野葡萄』『麥笛』『涙の花』『湯けむり』平井晩村　発刊年　出版社は 36 p 参照

・『上毛新聞』1918 年 1 月 18 日～ 6 月 8 日

・『前橋高校百三年史』上巻　前橋高等学校　1983 年

・『坂東太郎』『学友会雑誌』前橋中学校学友会　1900 ～ 1902 年

・『明和女子短期大学紀要』6　小保方康行「平井晩村伝記解」同大学　1978 年

・『群馬の俳句と俳句の群馬』林 桂　みやま文庫　2004 年

・『野中康弘氏追憶録』　石橋皐一　私家版　1939 年

・歌集『凌宵花』金子薫園編選　新潮社　1905 年

・歌集『伶人』金子薫園編選　短歌研究会　1906 年

・『群馬県史』7、8、9 巻　群馬県

・『前橋市史』2、3、4 巻　前橋市

・『前橋市教育史』上巻　前橋市　1986 年

著者略歴

町田　悟／まちだ・さとる

一般財団法人群馬県教育振興会理事、前橋市生涯学習奨励員、群馬県立県民健康科学大学非常勤講師、群馬地理学会

前橋市生まれ、群馬大学教育学部社会科学専攻（地理学専修）卒後、前橋・高崎市内小中学校勤務、前橋市立総社小学校長退職。

主な著書

（単　著）『前橋の旧町名』前橋学ブックレット 19　上毛新聞社刊出版局
（分担執筆）『からっ風産業』上毛新聞社刊、『群馬の風土と生活』みやま文庫刊、『群馬における地域性の変遷』群馬県地域文化研究協議会刊、『街道の日本史 16　両毛と上州諸街』吉川弘文館刊

創刊の辞

　前橋に市制が敷かれたのは、明治25年（1892）4月1日のことでした。群馬県で最初、関東地方では東京市、横浜市、水戸市に次いで四番目でした。

　このように早く市制が敷かれたのも、前橋が群馬県の県庁所在地（県都）であった上に、明治以来の日本の基幹産業であった蚕糸業が発達し、我が国を代表する製糸都市であったからです。

　しかし、昭和20年8月5日の空襲では市街地の8割を焼失し、壊滅的な被害を受けました。けれども、市民の努力によりいち早く復興を成し遂げ、昭和の合併と工場誘致で高度成長期には飛躍的な躍進を遂げました。そして、平成の合併では大胡町・宮城村・粕川村・富士見村が合併し、大前橋が誕生しました。

　近現代史の変化の激しさは、ナショナリズム（民族主義）と戦争、インダストリアリズム（工業主義）、デモクラシー（民主主義）の進展と衝突、拮抗によるものと言われています。その波は前橋にも及び、市街地は戦禍と復興、郊外は工業団地、住宅団地などの造成や土地改良事業などで、昔からの景観や生活様式は一変したといえるでしょう。

　21世紀を生きる私たちは、前橋市の歴史をどれほど知っているでしょうか。誇れる先人、素晴らしい自然、埋もれた歴史のすべてを後世に語り継ぐため、前橋学ブックレットを創刊します。

　ブックレットは研究者や専門家だけでなく、市民自らが調査・発掘した成果を発表する場とし、前橋市にふさわしい哲学を構築したいと思います。

　前橋学ブックレットの編纂は、前橋の発展を図ろうとする文化運動です。地域づくりとブックレットの編纂が両輪となって、魅力ある前橋を創造していくことを願っています。

前橋市長　山本　龍

∾βＯＯＫＬｅ┼

前橋学ブックレット ㉛

31

| 早世の詩人平井晩村 |
付 晩村が歩いた前橋の街

発 行 日／2022 年 10 月 26 日 初版第 1 刷

企　　画／前橋学ブックレット編集委員会
〒 371-8601　前橋市大手町 2-12-9　tel 027-898-6994

著　　者／町田　悟
発　　行／上毛新聞社営業局出版編集部
〒 371-8666　前橋市古市町 1-50-21　tel 027-254-9966

ⓒ Machida Satoru　Printed in Japan 2022

ISBN 978-4-86352-319-7

ブックデザイン／寺澤　徹（寺澤事務所・工房）